사랑은 쌓여 내가 되겠지

작가의 고유의 글맛을 살리기 위해

한글 맞춤법에 맞지 않는

일부 표현을 수정하지 않았습니다

사랑은 쌓여 내가 되겠지

서연지 · 이루다 · 김지연 · 천정은 · 홍반장

마음세상

사랑은 인생의 본질이다

이 책은 출판사가 기획한 '공동저서 프로젝트 1기'에 참여한 작가들의 글이다. '공동저서 프로젝트 1기'의 주제는 '사랑'이다. 5분의 작가님이 집필한 사랑에 대한 이야기가 담겨 있다. 5인 5색의 특별한 이야기를 만나볼 수 있다.

서연지 작가의 글은 사랑에서 타이밍의 중요성을 강조하고 사랑이 사람을 성장시키는데 큰 도움이 됨을 알려준다. 생각의 딜레마에 빠지지 않고 내 마음의 위치를 살필 수 있는 글이다. 이별 후 마음챙김에 따스한 메시지를 전하며 누구나 해봤을 법한 연애고민에 대한 명쾌한 답을 준다.

이루다 작가의 글에는 마음의 평화가 있다. 그녀의 글 속에는 햇빛이 있고 산책로가 있다. 글을 쓰면서 온전히 자기 자신에게 집중하는 이야기를 통해 행복의 의미를 새길 수 있다. 이루다 작가의 저서 '나는 조울증이 두렵지 않습니다'를 통해 그녀의 깊이 있는 시선을 만끽하길 바란다.

김지연 작가는 사랑에 대한 근본적인 본질에 질문을 던진다. 사랑의 시작부터 끝까지 굵직하고 울림있는 생각을 전한다.

천정은 작가의 글에서는 보통 가장 어려워하고 갈등을 빚는 고부간의 사이에 특별함을 제시해 준다. 바로 시어머니에 대한 사랑이다. 모든 관계는 바로 좋아하는 마음에서 완성된다는 것을 새삼 깨닫게 해주는 글이다. 천정은 작가의 저서 '나는 간호사입니다' '스마트폰 이기는 독서'를 통해 인생의 소중한 가치를 얻어가길 바란다.

홍반장 작가는 풋풋한 첫 사랑에 대한 이야기가 담겨 있다. 홍반방 작가의 저서 '유머가 있으면 이기는 인생이다'에서도 삶에 대한 유쾌하고 속시원한 통찰력이 돋보이는데, 이번 글에서도 사랑 본연의 청아함과 순수함을 드러내는 글을 보여주었다.

우리 삶에서 큰 영향력을 끼치는 것 중의 하나는 사랑이다.

사랑의 이야기 속으로 들어가 보자.

기획 '공동저서 프로젝트'

http://blog.naver.com/maumsesang

Chapter. 2 이루다 작가의 사랑

나의 정원에선 어떤 꽃도 필 수 있어

Chapter 3. 김지연 작가의 사랑

사랑은 깊은 책임감이다

Chapter 4. 천정은 작가의 사랑

고부관계가 제일 쉬웠어요 '시어머니의 사랑'

Chapter 5. 홍반장 작가의 사랑

모두가 사랑이에요

"사랑은 이 세상 최고의 가치"

5인 5색
사랑의 향연 속으로
초대합니다

Chapter. 1

서연지

그렇게 삶 속에 사랑의 여정은 계속된다

사랑이 도대체 뭐야?

오랜 연애를 통해 사랑이라는 것에 대해 알 만큼 아는 것 같다고 착각한 때가 있었다. 비로소 긴 연애가 끝나고 나서야 그러한 생각들은 나의 오만이었다는 것을 깨달았다. 이별 후 사랑의 의미에 대해 깊이 있게 생각해보게 되었다.

사랑이란 무엇일까? 사랑도 끝이 있다는 것을 느낀 후 매우 혼란스러웠다. 마치 처음 연애를 시작하려는 사람의 마음으로 돌아가는 것 같았다. 아무것도 모르는 사람처럼….

"도대체 좋아한다는 게 뭐야?"라는 말로부터 시작이었다. 사랑은 둘째 치고 좋아한다는 감정마저 어떤 느낌인지 감이 오지 않았다. 아이러니하게도 오래된 연애를 끝낸 후 이런 의문이 들었다는 것이 정말 신기했다. 분명 옛날에는 이러한 생각을 하지 않았던 것 같다. 물론 연애를 하고 있었기에 할 필요가 없었는지도 모른다.

어느 시점부터였을까? '내가 그 사람을 좋아하는지 어떻게 알아차리며 어떻게 정의를 내릴 수 있을까?' 라는 생각이 내 머릿속을 지배했다. 정의를 내리고 싶었다. 그래야만 나의 마음속 혼란이 잠재워질 것 같았다. 시간이 지나 생각은 스스로만의 결론을 내렸다. '내가 이 사람을 좋아하는 게 맞을까?' '좋아하는 게 뭐야?' 라는 생각이 들었다면 이미 좋아하는 것이 아닌 것으로, 나도 모르게 그 사람의 관점에서 한 번 더 생각해 보게 된다면 좋아하는 것 또는 호감이 있는 것으로 정리해 보고 나만의 기준을 만들어 보았다.

하지만 이런 나만의 기준도 무의미하다는 것을 느꼈다. 좋아한다고 느껴지는 이성을 마주하게 된다면 자연스럽게 마음이 먼저 반응하는 것을 느낀 순간들을 경험했기 때문이다. 굳이 '내가 이 사람을 좋아하는 걸까?' 라는 생각이 들지 않더라는 것이었다.

언젠가 새로운 사람들을 만나보려고 부단히 노력했을 때가 있었다. 소개도 받아보고 새로운 환경에 노출도 되어보며 여러 사람을 만났다. 하지만 꾸준한 만남으로 이어지는 경우는 거의 없었다. 구색을 갖춘 말들과 사실은 궁금하지도 않은 서로의 일상에 관한 질문들, 예의상 보여주는 꾸며진 모습들 등은 오히려 회의감을 불러일으켰다.

하루는 만난 사람과 공통 관심사에 관해 이야기를 나누었다. 시간 가는 줄 모르고 열심히 서로의 생각을 주고받았다. 그러던 중 문득 이상한 기분을 느꼈다. '만난 사람과 함께라서 좋아!' 라기보다는 '다른 사람과 내 관심사에 관해 이야기를 나눌 수 있어서 신이 났구나!' 라는 생각이 들었다. 마치 관심사가 같은 사람들을 만난 모임에 간 사람처럼 말이다. '공통사에 대해 이야기 나누다 보면 호감이 생기지 않을까?' 라는 생각이 들 수도 있지만 공통사 이야기만 재미있었을 뿐 다른 궁금증이나 이야기에는 큰 관심이 가지 않았기 때문에 든 생각이었다.

그렇게 다른 사람들을 만나볼수록 '좋아하는 것을 뭘까?' 에 대한 내 생각을 정리하기가 더 어려워졌다. 미궁 속으로 빠지는 느낌이었다. 그렇게 정리되지 않은 감정을 마음속에 품고 있을 때 누군가가 넌지시 이야기를 해주었다.

"궁금한 게 생긴다면 좋아하는 것 아닐까?"

정말 간단한 문장이었지만 나를 놀라게 하기에 충분했다. 뒤통수를 세게 맞은 느낌이었다.

생각해 보면 나는 다른 사람에게 궁금한 것이 생기는 일이 거의 없었다. 물론 사람마다 다를 수 있겠지만 평소 다른 사람들의 나이조차 궁금해하지 않는 나에게는 충격적인 말이 아닐 수 없었다. 그렇게 나의 '좋아함. 감정' 정의 1번에 '다른 사람에 대해 궁금해지는 것'을 넣었다. 하지만 그것만으로는 뭔가 부족한 느낌을 지울수 없었고 다른 정의를 찾기 시작했다. 2번째 정의는 오랜 시간 정해지지 않았다. 그렇게 '좋아함' 감정의 정의 2번은 정해지지 못한 채 시간이 지나가는 듯했다.

그러던 어느 날 좋아함의 감정을 어렴풋이 느낄 수 있는 사람을 마주하게 되었다. 어렴풋이 느낄 수 있었음에도 '아, 좋아하는 감정은 그냥 느낄 수 있는 거구나. 이제껏 내가 만났던 사람들은 좋아하는 감정이 생기지 않아서 정의를 내리고 그 정의에 맞는지 알고 싶어서 했구나.' 느꼈다. 그렇게 나는 잊고 있었던 감정에 대해 다시 떠올릴 수 있었다.

그렇다면 사랑하는 것과 좋아하는 것은 무슨 차이가 있을까? 좋아한다는 것은 마음이 자연스럽게 반응한다는 것임을 알게 되었는데 사랑한다는 것은 무엇일까? 저마다의 사랑 이야기가 있는 것을 보면 사랑이라는 것은 더욱 심오하고 어려운 것은 아닐까? 앞으로의 이야기, 생각들을 통해서 사랑의 의미에 대해 함께 이야기 나누어보고자 한다.

사랑의 필수요소가 있다면?

사랑에서 가장 중요한 요소가 무엇일까? '타이밍' 그것은 사랑에 있어서 크게 중요한 것 같지 않지만 무엇보다 굉장히 중요한 요소다. 그렇다면 타이밍이란 무엇일까? 언제 가장 중요할까?

어렸을 때는 오히려 사랑이 쉬웠다. 연애가 쉬웠다는 말이 아니다. 말 그대로 사랑이 쉬웠다. 마음이 향하는 사랑을 하기에 지금보다 훨씬 수월했다. 누군가를 좋아하는 마음을 가지는 것, 마음이 향하는 곳으로 귀 귀울이게 되는 그러한 시간들이 나에게도 있었다. 그때는 타이밍이 중요하다는 생각을 하지 못했다. 나의 마음의 크기가 더욱 중요했으며 마음을 따라 움직이기 바빴다. 너와 나의 다름에 대해 서로 알아달라며 불같이 다투다가도 서로를 이해하고 다독이며 돈독해지는 시간과 어렵긴 했어도 서로의 마음을 다독여 줄 마음의 공간과 여유가 있었다.

하지만 지금은 '타이밍' 이라는 것이 얼마나 나에게 큰 영향을 주는지 느끼고 있다. 때로는 이전의 나 자신이 그립다. 나이가 들어서도 마음의 움직임에 제일 먼저 귀 기울이는 사람들에게는 공감이 가지 않을 수도 있다. 하지만 적어도 나 같이 '바쁘다 바빠' 현대사회 속 현실을 뼈저리게 느끼고 있는 사람들에게는 조금의 공감이 되지 않을까 싶다. 마음만을 따라 움직이기에는 쉽지 않아졌다. 마치 어려운 숙제처럼 느껴지기도 했다. '타이밍' 즉, 마음을 결심한 순간이 맞아떨어지는 상황 그것이 매우 큰 비중을 차지하게 되었다.

'타이밍'이라는 단어와 늘 함께 다니는 단어 중 하나는 '기회' 라는 단어다. 얼핏 보면 비슷한 의미를 지닌 이 단어들을 나는 나만의 언어로 정의해 보았다.

'타이밍'은 그 '순간'이자 '무엇인가에 도전하거나 추진하려는 마음이 들 때', '기회'는 '나에게 들어온 좋은 제안, 순간' 이라고 생각한다. "우리가 헤어진 건 서로 결혼을 생각하는 타이밍이 안 맞았어." 는 말이 되지만 "우리가 헤어진 건 서로 결혼을 생각하는 기회가 안 맞았어."는 좀 이상하지 않은가.

　스스로 마음먹은 순간, 타이밍과 좋은 기회가 함께 온다면 얼마나 좋을까? 하지만 살아보니 애석하게도 대부분의 모든 것은 내 뜻대로 흘러가지 않았다. 인생을 살아가면서 좋은 기회들이 왔을 때, 내 마음의 타이밍이 아직 준비되지 않았다면 좋은 기회는 날아갈 것이다. 기회가 지나간 후에는 내 마음의 타이밍과 기회가 만나는 그날까지 인고의 시간이 필요할 것이다. 모두가 알다시피 타이밍과 기회가 만나는 지점이 우리에게 오는 날을 예측할 수 없다. 때로는 기회에 맞춰 타이밍을 만들어야 할 때가 있기도 하다.

　사랑도 마찬가지라고 생각한다. 연인으로 이어지기 위해서는 타이밍이 중요했다. 연애를 시작하기 위해서는 조금의 마음속 여유 공간이 필요했다. 나중에는 더욱 커져서 다른 것들을 밀어낼지언정 시작할 때는 조금의 공간이 필요했다. 내 마음속에 누군가를 받아들일 수 있는 여유가 생겼을 때 상대도 나의 마음과 비슷하다면 연인으로 발전될 확률이 크다.

　연애의 시작에서 뿐만 아니라 연애 중에도 타이밍은 중요했다. 연애 중에는 마음의 크기가 커지고 작아지는 순간들이 생기기도 하는데 그 타이밍이 잘못 어긋나면 헤어짐으로 연결되기 십상이었다. 심지어 연애 기간이 길어지고 결혼이라는 것을 생각하게 되는 순간이 온다면 사랑 속 타이밍의 중요도는 매우 커진다. 계속해서 연애를 할지, 결혼을 할지에 관해서는 자신의 자유이고 선택이지만 그 선택과 생각들이 함께하고 있는 사람과 같냐는 것이다. 인터넷에서만 봐도 비혼주의였던 사람이 좋은 상대를 만나 생각이 바뀌어 결혼을 하기도하고 결혼을 꿈꾸던 사람이 진절머리를 내며 비혼주의자가 되기도 하는 일들도 허다하기 때문이다.

내 연인이 나와 같은 생각을 가지고 있다면 제일 좋지만 사람의 마음을 정확히 알기는 쉽지 않다. 그래서 평소 연인과의 소통이 매우 중요하다. 만약 서로의 생각이 다른 순간을 알게 되었다면 이야기를 나누어보자. 이야기를 어떻게 풀어나가느냐에 따라 누군가는 마음의 준비를 할 시간이 생기고 누군가는 추진하고자 하는 마음이 더욱 견고해질 수 있을 것이다.

서로의 의견이 좁혀지지 않는다면 선택해야 할 것이다. 타이밍이 맞는 순간이 올 때 까지 기다릴 것인지 또는 새로운 타이밍들을 만들어갈 것인지. 이렇듯 사랑에서의 타이밍은 필수불가결한 요소라고 생각한다.

최선의 선택을 하고 싶을 뿐이야

보다 더 나은 사람으로 성장하는 것에 있어서 사랑만한 것이 있을까? 세상 그 무엇보다 자신을 성장시키는 것에 사랑만한 것은 없는 것 같다. 하지만 나이가 들수록 사랑을 하는 것은 점점 더 어려워지는 현실에 마음이 갑갑할 따름이다.

혼자만의 시간을 보내며 힘든 순간들도 있었지만 언제 힘들었냐는 듯이 행복한 시간을 보내고 있었다. 헤어지고 몇 달간은 세상이 끝난 것처럼 힘들기도 했지만, 시간이 약이라는 말이 그냥 있는 말이 아님을 느끼게 되었다. 힘든 시간 동안 내 마음속에서 일어나는 다양한 감정들을 부수고 다듬어가다 보면 어느새 발전해 있는 나를 만날 수 있었다. 그렇게 시간이 흐르고 이제는 '굳이 새로운 사람을 만날 필요가 있을까?' 싶을 정도가 되어버렸다. 하고 싶은 것들을 즐기다 보니 시간은 어느새 꽤 흘러가 있었다. 물론 일상을 보내고 여행을 다니면서 문득문득 누군가와 함께하면 좋겠다는 생각이 들기도 하고, 때로는 내 옆에 그 누군가가 있으면 좋겠다는 생각이 들기도 했지만 갈망하는 마음까지는 들지 않았다.

나의 마음은 그 어느 때보다 평온했다. 하지만 그 평온함을 유지하는 것 또한 쉬운 일이 아니었다. 갑작스러운 제안으로 새로운 사람이라도 만났다 치면 고요했던 나의 마음과 머릿속에는 파동이 일어나기 시작했다. 새로운 사람을 만난 후 그 상대와의 관계 발전이 있든 없든 내가 느끼는 감정은 항상 비슷했다. '아, 괜히…?' 라는 생각이었다. 잔잔한 감정의 호수에 괜히 파동을 일으켜 다시 다양한 감정들을 느껴야 한다는 것에 거부감이 들었다. 설렘, 기쁨, 궁금함의 감정은 좋았지만, 불안, 답답함, 기대 등의 감정에 대한 불편함이 더 크게 느껴졌다.

이제는 나의 평온함을 깨뜨리는 불편한 상황을 만들고 싶지 않았다. 사랑 말고도 삶에 신경 쓸 일이 많아지니 새로운 자극들이 마냥 즐겁지만은 않았다.

이러한 과정들이 반복되면서 나에게 '연인'이라는 관계를 만들기 위한 노력들은 마치 아무 계획 없이 퇴사한 사람이 새로운 직장을 찾기 위한 과정과 흡사한 느낌을 주었다. 새로운 직장 중 마음에 드는 직장을 찾기 위해서는 많은 부분을 고려하게 된다. 이전 직장을 다니면 느꼈던 점들을 새롭게 들어갈 회사에 비교하며 장단점에 대해 생각을 해보게 되고 내가 좋아하는 일, 지향하고 있는 삶의 방향 등 고려사항은 끝없이 많아진다. 끝내 그것에 대해 정리하고 결정을 내렸다고 해도 새롭게 시작하는 것은 매우 에너지가 들고 끈기가 필요한 일일 것이다.

삶은 언제나 내 생각의 방향대로 흘러가지 않기에⋯. 새로운 관계를 시작하는 것 또한 비슷한 것 같았다. 특히 이전의 연인들에게서 느꼈던 장단점들이 많은 영향력을 미치게 되는 것 같았다. 나와의 공통점, 다른 점, 이해 가능한 부분, 이해하기 힘든 부분들에 대해 계속해서 고려하게 되었다. 만에 하나 만남이 시작되었다고 해도 둘의 관계가 어떤 방향으로 흘러갈지 아무도 알 수 없다는 점들이 나에게 새로운 직장을 구하는 것과 흡사한 느낌을 가져다 주었다. 새 직장을 찾는 것도 새로운 관계를 위해 노력하는 것도 감정, 신체, 시간 등 진심 어린 노력이 정말 많이 들어간다. 그리고 그 노력, 경험들은 나의 내면에 데이터처럼 축적이 되어 앞으로의 선택에 있어서 많은 영향을 줄 것이다.

나이가 들수록 연애도 결혼도 어려워지는 이유는 나이라는 숫자 때문이 아닐 것이다. 살면서 겪었던 것들로 인해 고려하게 되는 부분과 생각이 많아졌기 때문이 아닐까? 나이는 정말 숫자에 불과한데 마음과 생각은 이미 살아오며 축적된 데이터들을 토대로 앞으로의 기회 중 제일 나은 선택을 하고 싶어서 하기 때문이 아닐까? 라는 생각이 든다.

축적된 데이터로 최선을 선택하고 최대한 후회를 덜 남기는 것, 그것이 우리에게 우리의 마음속을 더욱 혼란스럽게 만들고 있을지도 모른다. 물론 최선의 선택이 중요하지만, 너무 깊은 생각의 딜레마에 빠지면 생각을 안 하느니만 못할지도 모른다. 때로는 생각의 딜레마, 데이터의 딜레마에서 조금은 벗어나 볼 필요성도 있는 것 같다. 혹시 모른다. 생각지 못한 사람과 새로운 일상을 맞이하게 될 지도….

사랑과 일 사이

 '사랑'과 '일' 둘 중 하나를 선택하라고 한다면 어떤 것을 선택해야 할까? 어느 하나를 선택할 수 있을까? '사랑'과 '일' 사이에 대한 사람들의 생각과 경험은 모두 다를 것이다. 다만 한 가지 분명한 것은 두 마리 토끼를 잡기 위해서는 상당한 노력이 뒤따른다는 것이다.

 "이제껏 뭐하느라 연락을 안 해?" "화장실 갈 때 잠시라도 내 생각해서 연락해줄 수 있었던 것 아니야?" 등의 작은 말들로 항상 언쟁이 시작되는 듯하다. 나 또한 마찬가지였다. 어떤 순간에는 내가 연락을 보채기도 했고 이해하지 못하며 서운해하기도 했다. 물론 반대의 순간도 있었다. 누구나 겪는 문제지만 흔히들 해결하기 어려워하는 문제이다. 과연 해결책이 명확하게 있는 것일까?

어릴 때는 연락을 중요하게 생각했다. 특히 연락의 빈도를 크게 생각했다. 연락이 곧 나를 생각하는 마음이라고 확정 지어버렸다. 시간이 지나고 사회적 경험과 다양한 상황들을 경험하며 꼭 그런 것만은 아니었을 수 있겠다는 생각이 들었다. 나도 내가 그럴 줄 몰랐다. 누구보다 연락의 빈도를 중요하게 생각했던 내가, 연락을 못 한다니? 정말 놀라웠다. 그때 나의 상황은 작은 사업에 뛰어들게 되면서 신경 쓸 일이 아주 많아졌던 시기였다. 사업을 해 보았던 경험이 있으면 모를까 처음 겪는 문제들을 혼자서 해결하고 챙겨야 하다 보니 스스로조차 챙기지 못할 만큼 눈코 뜰 새 없이 바빴다. 그러한 상황 속에서 누군가를 챙기기란 정말 쉽지 않았다. '톡 하나 보내는 게 뭐가 힘들다고?'의 생각에서 '톡 하나 못 보낼 만큼 힘들구나, 정신없이 바쁘구나.'라는 생각으로 바뀌게 되었다.

이런 상황이 오자 예전의 나의 모습이 떠오르며 이해의 폭이 좁았던 나 자신이 조금은 부끄럽게 느껴지기도 했다. 아는 만큼, 경험한 만큼 보인다는 말이 떠올랐다. 그 후의 한 가지 생각이 머릿속에 각인되었다. '직접 겪어보지 못하면 알 수 없구나!'라는 생각 말이다. 물론 평소에도 자주 듣는 말이었지만 직접 경험해 보고 나니 머리로 아는 것과 느낀 것은 하늘과 땅 차이임을 크게 느꼈다. 나도 결국 명확한 해결책을 찾지 못했다. 사랑과 일에서 명확한 해결책이란 존재할 수 없는 것 같다. 사랑이라는 감정은 정확하게 정의할 수도 없는 것이니와 상황에 따라 사랑의 형태도 변하기 때문에 명확한 해결책이 없는 것도 당연했다.

정해진 답을 찾기보다는 지금 내 상황에서 할 수 있는 해결책에 대해 고민해볼 필요가 있었다. 사랑과 일 두 마리 토끼를 잡기 위해서 어떻게 생각해보는 것이 좋을까? 뻔한 이야기이지만 서로를 이해하려고 노력하는 마음과 자세를 가지기만 해도 이미 절반 이상은 성공할 수 있다고 생각한다. 자신의 처지만 내세우며 상대방을 이해하려고 노력조차 하지 않으려는 사람은 두 마리의 토끼를 다 놓칠지도 모른다.

나만 힘들고 나만 배려하고 있는 사랑을 하는 것이 아니라는 것을 항상 명심하자. 잘못된 자기 연민에 빠져서 '나는 이렇게까지 해주는데 이게 뭐야? 나는 힘든 연애 중이야.' 라는 생각을 저 멀리 날려버리자. '사랑'과 '일' 사이의 문제를 헤쳐나가는 과정은 힘들 수도 있지만 긍정적인 생각들로 서로를 향해 노력하는 마음과 자세만 있다면 웬만한 문제들은 행복한 결말을 향해 달려가게 되어 있다.

건강한 사랑은 자신을 사랑하면서도 상대를 위해 희생, 헌신할 수 있는 마음을 가진 사람만이 누릴 수 있는 특권일지도 모른다. 건강한 사랑을 하는 사람이야말로 '사랑'과 '일' 두 가지 모두를 지킬 수 있을 것이다. 자신을 잃지 않으면서 상대를 위하는 것 그것이야말로 이상적인 연애가 아닐까 싶다. 이기적인 사람은 다른 사람에게 상처를 남기고, 자신을 잃어가며 희생만 하는 사람은 스스로가 망가질 수도 있기에 건강한 사랑을 하기에는 무리다. 비슷한 상황일지라도 커플마다 저마다의 이야기가 있기에 명확한 정답은 존재하지 않는다. 그렇기에 자신이 생각하는 건강한 연애의 방향성을 확실하게 가지고 상대와 함께 노력해 보자. 누군가가 옆에 있는 한 알량한 미련조차 남기지 않을 사랑을 해 보자.

추억으로 간직하며 나아가는 방법

　이별 후 과거의 시간을 한 편의 영화처럼 추억할 수 있다면 얼마나 좋을까? 영화처럼 보고 싶을 때 꺼내어보고 영화 속에 흠뻑 빠졌다가 다시 아무렇지 않게 일상을 보낼 수 있다면 더없이 행복할 것이다. 온 마음을 다한 연애의 이별을 겪고 나면 자신의 행동을 되뇌어보게 되고 부정적인 생각들을 많이 하게 된다. 그럴 때일수록 떠나보내 주자. 좋은 추억들을 걸러내어 추억 선물 상자를 받아들자. 그것은 그 사람과 함께 행복했던 기억들로 가득한 상자가 될 것이다. 처음 추억 상자를 들여다볼 때는 힘들 수밖에 없다. 한 편의 영화처럼 느껴지기 어렵다. 나 또한 기억들이 마음으로 아프게 다가올 때면 기억하기도 싫었고 떠오르는 생각들을 부정하기도 했다. 어린 나의 마음은 그렇게 해야만 견딜 수 있었다. 어느 정도의 시간이 지나고서 내 마음이 회복되었다. 그제야 지나간 기억들이 떠올라도 웃음을 지으며 추억할 수 있게 되었다. 마치 한 편의 영화처럼 어린 시절의 즐거움, 행복했던 시간을 떠올리며 회상하는 것처럼 읊조려보기도 하고 되뇌어보기도 하며…

많이 안정되고 성장한 나의 마음은 새로운 사랑보다는 '자신'에게 초점을 맞추게 되었다. '내가 심심할 때 즐길 수 있는 것은 뭐가 있을까?', '내가 무엇을 할 때 행복함을 느끼지?' 등 나 자신에게 더욱 관심을 가지기 시작했다. 나 자신에게 관심을 두게 되면 행복해지는 것은 당연한 순서였다. 내가 살아가는 삶이기 때문에 내 마음이 편안해지는 순간 세상이 나에게 맞춰 바뀌는 느낌이 들었다.

이별 후 자신을 돌아보고 사랑하게 되는 과정 중 나에게 효과 있었던 방법과 맞지 않았던 방법이 있었다. 혹 아직 이별로 힘들어하는 사람들이 있다면 조금의 도움이 되어보고자, 함께 공감하며 즐겁게 추억을 공유해보고자 효과 있었던 극복 방법을 써내려가 보려고 한다. 이별 후 가장 마음을 힘들게 만들었던 생각은 '내가 조금만~ 해줬더라면 우리 사이가 이렇게 되지는 않았을지도 몰라.'

라는 생각이었다. 그 생각에 옭아 매인 나는 미련이 더욱 커졌고 생각에서 헤어 나오기 역시 쉽지 않았다. 그 생각은 단연코 잘못된 생각이었다.

다르게 생각해 보자. '내가' 대신에 '상대'를 넣어보는 것이다. '상대가 조금만 ~ 해줬더라면'이 될 수도 있다. 사람의 마음은 한순간에 끊어내기 힘든 것이기에 우리는 이미 지난 관계일지라도 끊임없이 생각을 되뇌어본다. 그러고는 자책하는 생각과 상대를 탓하는 생각을 하게 만든다. 그런 생각이 들 때마다 생각의 틈 사이에 다른 생각들을 끼워 넣어보았다. '나도 상대도 잘한 부분과 못한 부분이 있다. 그러니 누구 하나의 잘못도 아니다.'라는 생각이었다. 처음에는 효과가 없는 것 같아도 생각들 사이에 이 한 줄의 생각을 끼워 넣는 빈도가 늘어나면서 자신을 자책하는 마음은 줄어들게 되었고 더욱 가벼워지는 기분을 느낄 수 있었다.

또 다른 방법의 하나는 감정을 부정하지 않는 것이다. 나는 힘들 때 내 감정을 애써 부정하고 외면하기도 했다. '나는 괜찮아 왜?', '보고 싶어 하지 말자 잊어버리겠어.'라는 등 나의 감정과는 상반된 생각을 하려고 애썼다. 하지만 그러한 행동들은 그 순간에만 괜찮을 뿐 결국에는 마음에 쌓이게 되어 나에게 더 큰 힘듦을 안겨주게 되었다.

그 후 나는 생각을 바꿨다. 너무 보고 싶다는 생각이 들 때면 '아, 내가 아직 많이 보고 싶어 하는가보다 보고 싶네!'라고 생각하며 눈물이 나면 나는 대로 흘려보냈다. 그러고는 우울함이 올 때마다 '그때 나는 열렬히 사랑했구나!'라는 생각을 해주었다. 그러자 나에게도 큰 변화가 찾아왔다. 내 감정을 부정할 때와 다르게 마음이 차분해지고 상황을 건강한 시선으로 받아들이고 있는 나 자신을 마주할 수 있었다. 그 후에는 우울한 마음이 들어도 스스로 다그치고 괴롭히는 행동을 하지 않았다. 마음으로부터 자유를 얻은 것 같았다. 이러한 발전들은 내가 행복에 더 가까워지도록 도와주었다. 과거의 일들을 추억 저편으로 넘기는 것은 나에게 또 다른 행복을 선사해 주었다.

그럼에도 불구하고 사랑이란

혼자만의 시간들은 생각의 불순물들을 모두 걸러내고 온전한 생각을 할 수 있도록 도와주었다.

거르고 걸러진 내 마음속에는 무엇이 남아있을까? 나도 모르는 사이에 나만의 해답이 조금씩 자리 잡기 시작한 듯했다. 그리고 이내 한 가지 생각이 머물렀다. 사랑이란, '온전한 나를 이해해주는 사람을 나 또한 온전히 이해해주는 것'이다. 사람은 누구나 자신의 존재를 인정받고 싶어 하는 마음을 가지고 있다고 생각한다. 여기서 말하는 인정은 긍정적인 인정뿐만 아니라 있는 그대로의 나의 모습, 가끔은 좋지 않은 모습에 대한 인정까지도 포함한다. 존체 자체에 대한 인정을 의미하는 것이었다.

　내 마음속에 자리 잡은 사랑의 정의에 대해 처음부터 확실히 느꼈던 것은 아니다. 최근에서야 내 마음속에 무엇인가가 자리 잡았다는 느낌이 느껴졌다. 커플이 아닌 혼자만의 삶이 정말 만족스러웠다. 감정의 동요가 일어날 일도 없었고 내가 좋아하는 것들을 즐기며 지내니 그렇게 평온할 수가 없었다. 물론 가끔 외로울 때면, 기쁨을 나누고 싶을 때면 새로운 사랑을 찾고 싶다는 생각도 드문드문 들기는 했다. '혼자도 즐거운데 내가 사랑하는 누군가와 함께하면 얼마나 더 즐거울까?', '힘들 때는 얼마나 의지가 될까?' 라는 생각들이었다. 새로운 사랑을 시작하는 것은 내 마음에 파동을 일으키고 지금의 평온을 부술 것임을 예상하면서도 나는 은연중에 계속해서 원하고 있었던 것 같다.

　그렇다고 해서 내 마음이 가지 않는데 타협을 하며 아무나 만나고 싶은 마음은 전혀 없었다. 다양한 사람들을 만나는 것이 먼저라는 생각이 들었다. '어쩌면 이 넓은 세상에서 나와 마음 맞는 사람이 있지는 않을까?' 하는 기대감이었다. 다양한 사람들을 만나기 위해 소개도 받고 많은 이야기도 나누어 보았다. 누군가를 만나던지 가장 많이 듣는 말은 '이상형이 어떻게 되세요?' 였다. 그러한 질문들을 계속 받으면서 내가 연인에게 바라는 부분, 바라는 행동,

싫어하는 행동에 대해 생각해보는 시간을 가질 수 있었다.

처음에 내 이상형은 매우 간단했다. '운동하는 사람' 혹은 '책을 읽는 사람'이었다. 하지만 그런 요건을 가지고 있다고 해도 나와 맞지 않는 사람이 많다는 것을 깨달았다. 질문이 반복되고 내 생각이 더해질수록 나의 이상형은 매우 까다로워져 있었다. 말 그대로 '이상형'이었기 때문에 가능한 생각이었는데도 불구하고 놀랍도록 구체적이고 깐깐했다. 어느새 내 이상형은 '운동하는 사람', '책 읽는 사람'이 아닌 '꾸준히 자기관리를 하는 사람, 자신의 삶에 야망이 있는 사람, 예의 바른 사람, 우유부단하지 않은 사람, 나를 리드해주는 사람, 올곧은 심지가 자리잡힌 사람'이 되어버렸다.

모두가 입을 모아 말했다. "너무 까다로워. 그러면 만나기 힘들 거야. 차라리 너가 정말 좋아하는 우선순위 1, 2가지만 생각해봐!" 처음에는 '이상형인데 뭐 어때?' 하고 생각했다. 말은 그렇게 해도 내가 느낌이 오는 사람에게는 아무것도 따지지 않는다는 것을 스스로는 알고 있었기에 크게 신경 쓰지 않았다. 하지만 누군가에게 설명하기 위해 생각하고, 거르고, 되짚어보며 말하게 된 내 이상형은 나에게 큰 도움이 되지 않았다. 깐깐하고 따지는 것이 많은 사람이 되어가고 있었다. 스스로에게 이상형은 말 그대로 '이상적인' 그런 사람이지만 다른 사람들이 듣기에는 충족되지 않으면 안되는 것으로 들릴 수밖에 없었다.

　그렇게 이상형에 대한 생각들이 많아지다 보니 내가 이루고 싶은 진정한 사랑은 무엇일까 궁금해졌다. 일상 속에서도 드문드문 떠올려 보았다. 하지만 뭔가 이렇다 할 표현을 찾지 못하고 있었다.

　그러던 어느 날, '나를 온전히 이해해주는 사람과 그 사람을 온전히 받아들일 수 있는 내가 된다면 그것이야말로 사랑이라고 부를 수 있지 않을까?' 하는 생각이 들었다. 사람은 누구나 알려지고 싶지 않은 자신만의 부족함, 못난 모습들이 있을 것이다. 그러한 내 모습까지 있는 그대로 받아들여줄 수 있는 사람이 있다면 얼마나 든든하고 고마울까. 그렇게 나의 마음속, 생각에는 '서로의 존재 자체를 인정하고 받아들일 수 있는 것이야말로 사랑이겠구나!' 가 자리를 잡았다. 세상에 영원한 것은 없다지만 사랑은 영원할 수 있는 것 중에 하나라고 생각한다. 다만 형태가 변할 뿐, 일반적으로 보았을 때 처음에는 설렘의 형태로, 나중에는 편안함의 형태로, 가끔은 애증의 형태로, 그러다 끝내 서로의 존재에 대한 이해와 인정의 형태로 말이다. 서로의 존재 자체를 받아들이고 함께해 준다면 그것이야말로 세상을 살아갈 수 있는 이유, 살아가고 싶은 이유가 될 수 있지 않을까 싶다. 이렇게 사랑은 대단한 것임이 틀림없다. 힘든 세상 속에서 에너지를 주고 삶을 살아갈 원동력을 불어넣어주는 사랑, 시작하면 결코 순탄치만은 않을 것임을 알면서도 뛰어들 수밖에 없게 되는 그 무언가. 언젠가 나를 있는 그대로 온전히 사랑해줄 사람을 찾기 위해 그리고 내가 온전히 이해해주고 싶은 사람을 만나기 위해 그렇게 삶 속에 사랑의 여정은 계속되는 것 같다.

어느 날 문득
사랑이 무엇일까 궁금해졌다.

사랑을 정의해 보자.
사랑을 정의하려고 하자
무수히 많은 모순들이 생겨났다.

사랑을 느껴보자.
사랑을 느껴보려고 하자
삶에 생기가 생겼다.

사랑을 나에게 주자.
사랑을 나에게 주려고 하자.
이 세상이 모두 내 편이 되었다.

Chapter. 2

이루다

나의 정원에선 어떤 꽃도 필 수 있어

걷고 또 걸어 지구 한 바퀴

어느 날, 아무 생각 없이 시작되었다. 인생 첫 제대로 걸어보기.
워낙 뜬금없는 성격에 머릿속 생각은 바로 행동으로 옮겨야 한다.
이젠 4월만 되어도 땀이 나기 시작하고 반팔을 입은 사람을 거리
에서 볼 수 있다. 더위를 많이 타는 내게 4월은 더위가 시작되는 여
름의 시작점이랄까. 그달, 걷기의 효과를 시험해 보기 위해 런닝화
를 주문했다.

앞뒤 재지 않고 무언가에 뛰어드는 성향은 어쩌면 무식하게 뛰
어들기 때문에 오는 장점이 많다. 순수하게 몸으로, 마음으로 그
무언가를 느낄 수 있다. 바라는 것도 목적이나 목표도 없기에 가능

한 일이다. 그저 뛰어드는 것. 도전에는 그러한 자세가 어느 정도 필요하다. 그래야 생각에만 빠져있는 게 아닌 실행에 옮길 용기가 생긴다.

해가 온몸에 내리쬐는 땀이 송골송골 맺히는 날씨에 시작된 걷기의 여정은 쉽지만은 않았다. 우선 나의 걷기 패턴은 좀 특이하다. 처음 걷는 것이기에 무리하고 싶진 않았다. 서서히, 천천히 걷기에 스며들고 싶었다. 그래서 생각해 낸 방법은 내가 최대로 기분좋게 걸을 수 있는 시간인 1시간 걷기를 여러 번에 반복해서 걷는 방법이다. 시작 후 며칠 동안은 1시간씩 두세 번 밖으로 나와 걷기 시작했다. 몸에 전혀 무리가 간다는 생각이 들지 않았다. 오히려 이렇게 나누어서 소화할 수 있는 만큼 걸으니 가뿐하고 개운했다. 그렇게 적응기를 며칠에 걸쳐 갖은 이후로는 하루 네다섯 번 정도 걸었다.

많은 이들이 속이 시끄러울 때 산뜻한 공기를 마시며 아무 생각 없이 걷기를 원한다. 나 또한 당시의 상태가 좋지 않았다. 여러 가지 문제로 속이 곪고 있었으며 머릿속에 가득 차 있던 인생의 목표, 방향에 대해 방황하고 있었다. 내가 진정으로 원하는 삶이 어떤 형태인지 명확한 해답을 찾고 싶었다. 아무 생각 없이 시작되었다고 말은 했지만, 사실 나는 답을 찾고 싶은 아픈 사람이었나 보다. 아플수록 걸어야 한다. 아프다고 방에만 누워 휴식만을 취할 것이 아니라 운동화 끈을 질끈 묶고 무거운 두 다리를 질질 끌고서라도 세상 밖으로 나와야 한다. 어떻게 보면 무식할 수 있는 걷기 패턴으로 누군가는 스스로 몸을 괴롭힌다고 생각했을지도 모른다.

자신 있게 말 할 수 있는 한 가지는, 그 시간을 즐겼다. 즐거웠다는 단어만으로는 표현할 수 없는 놀라움과 황홀함을 느꼈다. 걷는 행위는 치유다. 두 다리로 시작되는 이 삶의 작은 여행은 온몸과 마음 깊은 곳까지 구석구석 마사지해 주는 치유의 한 수단이다. 어떻게 이러한 치유의 과정이 있을 수 있을까 생각해 보았다. 걷는 동안 일상생활 속에서 느꼈던 작은 생각부터 큰 문제까지 생각지도 못하게 떠오른다. 그리고 그 생각은 스스로 답을 찾고자 하는 질문으로 이어진다. 그 질문에 셀 수 없을 만큼의 답을 말하며 자신과의 대화가 시작된다. 나라는 책을 읽는다는 생각이 들었다. 그 책을 꼼꼼히 읽어 내려가며 메모하고 영혼 깊이 닿는다는 느낌. 끝이란 게 없는 나라는 책을 읽어가다 보면 세계를 온전하게 경험한다.

나를 둘러싼 모든 괴로움과 짐을 잠시 멈추게 해주는 마법. 걸을 곳이 동네 인도뿐이라 출발하게 되면 늘 가던 옆 동네로 가는 코스로 걷는다. 살면서 자연을 이렇게 가까이서 느낄 수 있다는 사실에 다시 한 번 놀라게 된다. 걷다 보면 자연스럽게 하늘을 본다. 하늘의 다채로운 색과 구름의 모양을 좋아한다. 하루도 같은 색일 수 없는 하늘의 아름다운 빛깔과 계속 바뀌어 가는 구름의 모양을 구경하고 있노라면 방금 도대체 나에게 어떤 고통이 있었는지 까맣게 잊게 된다. 또 꽃들은 어떠한가. 한발, 한발 걷다 보면 각기 다른 향을 풍기는 꽃들이 어디 보지 않을 테면 그렇게 해보라는 듯, 아름다움을 내뿜고 있다. 그 모습에 홀려 어느새 빤히 꽃을 보고 있는 나를 발견 한다. 자연에 이렇게 관심을 가져본 적이 있을까? 팍팍한 삶을 살아오다 처음 느껴보는 자연의 파릇함과 형용할 수 없는 아름다움 앞에 가슴 속 풀리지 않던 걱정은 한없이 작아지며 고개를 푹 숙인다. 걷기란 삶의 특별할 게 없는 평범한 순간의 가치를 빛나게 해준다. 키에르케고르는 말했다. '나는 걸으면서 나의 가장 풍요로운 생각들을 얻게 되었다. 걸으면서 쫓아버릴 수 없을 만큼 무거운 생각이란 없다.'

해가 지는 순간, 노을을 보던 기억이 난다. 그렇게 오묘하게 여러

색이 섞인 노을을 보면 감탄하게 된다. 어떻게 세상에 저런 색이 존재할 수 있을까! 아름다운 풍경이 심지어 공짜다. 보지 않을 이유가 없다. 걷지 않을 이유? 없다. 걷기 위한 준비는 두 다리다. 두 다리만 있으면 된다. 걸으면서 깨달은 가장 중요한 사실이 하나 있다. 앞만 보고 냅다 빛을 가르며 걷는 빠른 걸음보다는 어슬렁어슬렁 느림보처럼 걷는 걸음이 훨씬 많은 도움이 된다는 것이다. 빠르게 걷다 보면 놓치는 부분이 많다. 자연을 느낄 수도 없으며 나만의 책을 읽을 수도 없다. 빠르게 걷는다는 건 목표 지점을 정하여 그 지점을 목적으로 걷는 걷기다. 오감이 전혀 작용할 수 없는 방법이다. 오히려 많이 걷겠다는, 잘 걷겠다는, 어딘가에 도착하겠다는 욕심을 내려놓고 어슬렁어슬렁 슬리퍼를 질질 끌며 걷던 어슬렁 걷기야말로 보고, 듣고, 생각할 수 있는 자연스러운 환경이 되어 주었다.

현재 존재하는 내 모습을 잠시나마 멈추고 잊어보는 것. 아무것도 아닌 내가 되어 보는 것, 그것은 자유이며 걷기는 그러한 자유를 만끽할 수 있는 환희이다. 지인은 매일 걷는 내게 농담 섞인 말을 한 일이 있었다. 그러다 지구 한 바퀴 돌겠다고. 어쩌면 이 말은 굉장히 정확하다. 아주 단순하게 한 발, 한 발, 내딛는 이 행위는 세

상, 지구라는 행성을 유영하는 쉬우면서도 탁월한 방법이기 때문
이다. 자, 신발 끈을 묶고 있는 당신! 함께 지구 한 바퀴를 여행해
보는 자유를 만끽하자!

나의 정원에선 어떤 꽃도 필 수 있어

세월이 흘러가면서 사람의 성격은 변한다. 이십 대 시절, 놀기 좋아하고 사람들과 함께 있어야만 웃을 수 있었던 사람으로 기억된다. 사교성도 좋아서 어딜 가든 쉽게 사람을 사귈 수 있었으니, 사회생활에 적응 잘하기 적합한 성격이었다. 스물여섯의 어린 나이에 하게 된 결혼으로 많던 인간관계가 깔끔히 정리되었고 그 시점부터 사람과의 관계에 관해 의구심이 많았다. 영원할 것만 같던 친구와 모두 멀어지고 나니 당장 자유 시간이 주어진다 해도 나를 만나 줄 사람이 없었다. 연락할 사람, 만날 사람도 없는 고립된 생활에 아이까지 바로 출산하면서 정신없이 아이를 키웠다. 육아에 대해 잘 모르는 사람은 아이를 낳으면 말동무가 생기니 즐겁고 외롭지 않으리라 생각하지만, 전혀 그렇지 않은 게 현실이다. 매일 퇴근이 늦는 남편과는 소통도 없었고 종일 아이랑만 붙어있으니, 하루하루를 의미 없이 보낸다는 생각이 들었다.

그렇게 육아 경력 7년쯤, 심한 불면증을 겪게 되었다. 좀처럼 잠을 자지 못하고 소리에 예민해져서 옆에 누군가가 있으면 잘 수 없는 상태였다. 그때 처음으로 아이들, 남편과 분리되어 자기 시작했고 그 공간이 인생 첫 혼자만의 공간인 나의 방이 되었다. 처음엔 그저 혼자 잘 수 있는 시간이 좋았다. 전혀 자질 못하는 상태에서 조금이라도 잠을 청할 수 있게 되면 그게 그렇게 감사하다. 나만의 공간이 생기고 그곳에서 글을 쓰게 되면서부터 조울증, 공황장애, 불면증은 서서히 좋아졌다. 방에서의 시간은 오롯이 혼자만의 시간이 된다. 어릴 때처럼 인간관계에 연연하거나 집착하지 않는 나에겐 집이라는 공간이 편하다. 이곳에서 나는 글을 쓰고, 음악을 듣고, 책을 읽거나 공부하기도 하며 혼자 놀기의 달인이 된다. 한 해가 지나갈수록 이 혼자 놀기라는 행위에 애정을 느끼다 못해 그것이 주는 안정감과 황홀함을 축복이라 여기게 된다. 나뿐만이 아니라 많은 사람이 타인과의 관계, 외부에 자신이 노출되는 상황에서부터 벗어나고 모든 걸 벗어던질 수 있는 민낯의 자신을 보일 수 있는 공간이 집이며 방이라는 공간이다.

혼자가 가지는 의미를 몰랐을 땐 누군가에게 기대고 싶고, 충족되지 않는 사랑을 구걸하기도 했다. 사람들은 관계 중독에 빠진 것 같은 현상을 보인다. 타인과 소통할 수 있는 스마트폰을 손에서 놓지 못하며 쉬는 날에는 누군가와 약속을 잡고 사람들이 추천하는 맛집을 가며 주위에 사람이 많아야만 행복한 삶이라고 생각한다. 늘 사람에게만 둘러싸여 있는 상황에서 과연 우리는 나라는 존재에 관한 생각을 할 수 있을까? 나 자신으로 존재하는 시간은 하루에, 아니 한 달에, 아니면 일 년 중 얼마나 될까?

마흔을 바라보는 나이의 나는 이십 대의 나와 확연히 다르다. 사람과 연결되지 않으면 외롭고 고통스러웠던 마음이 현재는 혼자가 편안하고 안정감을 느끼며 몰입할 수 있는 시간이 된다. 혼자일 때조차 빛날 수 없다면 어떤 누구와도 빛나는 삶을 살 수 없다. 스스로 행복을 찾지 못하는 인생은 누군가의 그림자처럼 상대에게 무언가를 갈구하기만 하는 인생과 별반 다르지 않기 때문이다.

사람들 틈에서 그들의 시선에 맞춰 살던 삶은 보내주었다. 지금은 온전히 혼자 있는 시간을 하루 중 가장 좋아한다. 생각해 보면 평생을 나와 함께 하는 유일한 사람은 자신이다. 그림자로 살아갈 때, 스스로가 필요한 존재라는 생각을 해본 적이 없다. 그들의 바라는 여성상, 성격을 억지로 꾸며내어 좀 더 괜찮아 보이는 가짜의 '나'를 만들어 내었다. 내가 나를 사랑하지 못하니 그 사랑을 그들에게 바랐나보다. 사람은 누구나 외로울 수 있으며 그 사실은 어떤 이에게도 똑같이 적용되는 사실임이 분명하다는 생각이 든다. 이 젠 함께 있어도 외로운 존재라면 차라리 혼자이길 선택하겠다. 서로에게 좋은 영향을 줄 수 없는 관계라면 과감히 선을 긋겠다. 그것이 내가 원하는 방향이며 행복을 느끼는 부분에 있어서 중요하다. 나를 사랑하지 못해도 매일 행복한 삶이 아니어도 괜찮다. 사람은 계속 변화할 수밖에 없는 존재이기에.

매일 행복한 하루를 바라지 않는다. 우리가 느끼는 모든 감정은 당연하게 느낄 수밖에 없는 감정이며 행복하기만 한 삶만이 좋은 삶은 아니라고 생각한다. 매일 행복하기를 바라기보단 하루를 온전히 나를 돌보며 아끼는 삶을 살고 싶을 뿐이다. 혼자인 삶은 부정적으로 들린다. 사회에서 도태된 소위 말하는 적응하지 못하여 혼자가 된 사람을 떠올리게 한다. 이게 맞는 걸까? 혼자라는 것은 틀린 게 아니다. 그저 삶을 살아가는 한 형태이다. 결국 인간은 혼자 와서 혼자 갈 수밖에 없는 존재이지 않은가.

온전히 내가 되는 시간의 마음은 정원과도 같다. 무한한 가능성, 표현할 수 없는 행복, 충만해지는 모든 것이 존재한다. 어떤 꽃도 피어날 수 있는 정원, 그 안에서 우린 세상에 존재하는 모든 꽃, 존재하지 않는 꽃까지도 모두 피울 수 있다. 당신의 정원에 당신만의 꽃들을 피우시기를.

24시간 이상 사시는 분 계시나요

나이가 들어갈수록 시간의 흐름을 느끼는 속도가 붙는다고 한다. 어릴 땐 그 말을 실감하지 못했다. 삼십 대, 그렇게 나이 들어감을 스스로 인지하게 되면서 하루를 보내는 나의 인생 속도는 무섭도록 빠르다. 어느 날은 이런 생각이 들었다. 모두가 똑같이 주어지는 24시간일 뿐이라고. 제아무리 빨리 간다고 느낀다 한들 결국엔 같은 시간일 뿐이다. 어쩌면 좀 더 열심히 살고 있다고 생각해서 그렇게 느껴지는 건지도 모른다. 지루한 시간은 더디게 간다. 하품이 날 정도로 재미없는 시간은 죽어라 안 간다. 시간, 시간은 우리에게 어떤 의미를 지닐까? 그저 하루하루 견뎌내는 아무 의미

없는 것일 수도 있고 1분 1초가 아쉽게 느껴질 수도 있다. 모든 건 생각하기 나름이다. 오늘과 내일은 크게 다르지 않을 수 있다. 하지만 오늘과 1년 후의 오늘은 크게 다를 것이다. 그만큼 하루가 모여 만들어지는 인생은 가볍게 볼 부분이 아니다.

살고자 하는 의지가 1도 없던 시기가 있었다. 도무지 인생이 재미있지 않았다. 마음은 온통 어떻게 하면 이 세상을 일찍 뜰까? 하는 심정이었다. 태어났으니 살아야 한다느니, 죽을 용기로 살라고 하는 이야기는 귀에 들어오지 않았다. 내 인생에 무슨 참견이람. 듣기 싫었다. 내 인생은 내 것이라고, 내가 선택할 거라고 외쳤다. 그것도 부정적으로. 그렇게 찌들어 있는 삶을 살아가던 나에게 살고자 하는 의지가 생긴 날이 있다. 어두운 밤, 그날도 알코올 중독자처럼 먹지도 못하는 소주를 한 병이나 마시고 옥상에 올라가서 멍하니 1층을 쳐다보았다. 처음으로 바닥이 날 끌어당기는 느낌을 받았다. 딱딱한 콘크리트 바닥은 나에게 어서 오라고, 어서 오라고 손짓했다. 그 섬뜩한 순간을 어찌 잊을 수 있을까. 하마터면 그날, 나는 정말이지 하늘로 갈 뻔했다.

그 사건 이후로 살고 싶어졌다고 하면 이 말을 믿는 사람이 있을까. 정말 나는 살고 싶어졌다. 그것도 아주 잘. 이왕 살아있는 하루가 빛나길 바랐고 근사하진 않아도 평범하게 그저 평범하게라도 살아내고 싶어졌다. 자주 아니, 거의 매일 생각했다. 과거로 돌아가고 싶다고. 과거로만 돌아갈 수 있다면 행복할 수 있을 것 같았다. 내가 지금 행복하지 못한 건 몇 가지의 잘못된 선택으로 인한 거라 생각했다. 그 실수만 되돌려 놓으면 분명 지금보다 훨씬 좋은 삶을 살 수 있을 거란 확신이 있었고 타임머신도 없는 이 현생을 살면서 바라고 또 바랐다. 이 얼마나 어리석은 생각인가! 오늘도 언젠간 과거가 될 것이다. 그럼, 그때도 난 생각하겠지. 과거로 보내달라고, 그럼 행복해질 수 있을 거라고.

살아가면서 제일 중요한 건, 오늘이 지나고 나면 '어제'가 된다는 것이다. 결국 과거가 된다. 그러니 지나간 세월을 그리워하며 오늘을 괴롭히는 일은 더 이상 하지 않겠다. 언젠간 떠올릴 오늘이 기분 좋은 날이었으면 좋겠다. 하고 싶은 일이 생기면 언젠간 할 거라는 생각으로 미루지 않겠다. '언젠간'이 오지 않을 수도 있기 때문이다. 남과 비교하지 않는 삶을 선택했고 그렇게 살아가고 있는 요즘은 마음이 한결 가볍다. 각자의 삶이 그리고 각자의 노력이 다르다. 개인이 느끼는 행복의 요소 또한 다른데 어찌 모두 같은 삶

을 살아갈까. 이 사실을 모두 잊고 사는 듯하다. SNS가 발달한 시
대이기에 타인의 삶을 엿보고 따라 하고 마치 자신이 그 사람이 된
것처럼 착각하며 상대의 삶을 본보기로 추구하는 것 같다.

　너와 난 이렇게나 다른데 우리가 행복하기 위한 요소는 제각각
인데 스마트폰 화면 속에 갇혀서 허우적대는 삶을 살아간다. 남과
나를 비교하며 저 사람처럼만 되면 행복할 것 같은 착각. 그 무서
운 착각에서 헤어 나오고 나니 다른 세상이 보인다. 이제야 나라는
사람이 보이기 시작한다. 내가 좋아하는 일, 좋아하는 시간, 행복
해지는 방법이 보인다. 그렇게 나에게 집중하게 되면서부터 하루
가 빠르게 가기 시작한다. 지루할 틈이 없어진 시간 속에서 어떻게
하면 좋아하는 일을 잘하면서 보낼 수 있을지 고민한다. 나의 목표
는 그저 어제보다 나은 오늘을 사는 것이고 매일 별것 아닌 일에도
행복을 느끼는 것. 영원한 건 없다. 그저 순간을 사는 거다. 온전한
나로.

미우나 고우나 내 곁에

    십 대 시절부터 사람과의 관계가 어렵다고 느꼈다. 또래 아이들의 관심사는 내 관심사가 아니었고 친구들이 신나게 떠드는 대화의 주제는 나와 상관없는 이야기뿐이었다. 평범한 척하는 게 나에겐 무엇보다 낯선 일이었기에 자발적으로 외톨이이길 선택했다. 그때부터 내가 좀 이상한 사람이라는 생각이 들었다. 그 누구와도 어울리기 힘들어하는 이방인. 그래도 빠른 체념 덕분에 사람들과 다른 나를 미워하진 않았다. 외로워도 꾹 참고 홀로 시간을 견뎠다. 간간이 내게도 인연이 오긴 했다. 인복이 없진 않은지 사람들은 이런 나를 좋아해 주었고 곁에 다가왔다. 대인기피증까진 아니었지만 첫 만남부터 거리를 두는 내게 그들은 나름의 심사(?)를 받아야 했고 그 심사에서 통과된 이는 나와 적당히 친한 관계로 지냈다. 이 관계는 오래가진 못했다. 워낙 사람에 대한 나만의 기준을 두고 거기에 미치지 못하면 냉정하게 관계를 끊는 성격 탓에, 금방 끝나고 마는 시한부 관계가 반복되었다. 점점 그러한 인생에 익숙해지던 나는 지인, 친구를 떠나 가족에게까지 정을 붙이지 못했다.

이러한 이야기는 비단 나만의 이야기가 아니다. 사람들은 자신의 성향을 무시하고 외로움을 견디는 수단으로 억지로 관계를 맺길 원하기도 하며 나처럼 관계를 끊는 일을 너무 쉽게 생각하기도 한다. 애초에 정을 주지 않기 때문에, 관계를 끊는 게 어렵진 않았다. 어차피 살아가는 일에 아무런 지장이 없다고 생각했다. 곁에 아무도 없어도 나는 멀쩡하다고 스스로 위로했다. 어떻게 보면 쓸데없는 강한 척이었다. 사랑을 받는 게 무엇인지 몰랐기에 사랑을 주는 법도 몰랐다. 이제 곧 내 나이도 사십 대가 되어간다. 살아가면서 생각에도 변화가 오고 이전과는 완전하게 다른 내가 되어감을 느낀다. 나이를 허투루 먹지는 않았는지 삶을 이어가는 과정에서 좀 더 둥글게 생각하는 사람이 된다. 소통을 어려워하던 시절이 지나가고 소통을 궁금해 하는 감정이 생겨난다. 사람이 귀찮다는 고독했던 마음은 서서히 새로운 사람을 알아가는 설렘에 물들어 간다.

 시대가 많이 변했다. '혼자'라는 말이 더 이상 이상하지 않은 세상이 되었다. 혼자서 밥을 먹고 노래방을 가고 심지어 혼자 술을 마실 수 있는 혼술 술집도 생겨났다. 오히려 이젠 혼자 독립적으로 생활하고 노는 사람들을 근사하게 바라보는 시선도 있는 것 같다. 그 속에 속해있던 나는 혼자만의 시간을 즐기는 사람들의 삶도 멋지다 생각하고, 함께 어울리는 정이 살아있는 인생의 형태도 아름답다고 생각한다. 우리는 그저 방식이 다를 뿐, 틀린 게 아니다. 나만의 동굴에서 평생을 살던 내가 또 다른 형태의 삶을 살아가려고 마음을 열었다는 자체에 감사한 마음이다. 이왕 살아야 하는 것, 많은 경험을 하며 살고 싶다. 여전히 사랑을 받는 기분에 대해 확실하게 정의할 수 없지만 분명한 건 사랑을 받다 보면 상대가 소중해지고 그 소중함은 잃고 싶지 않다는 방향으로 자리 잡는다. 잃고 싶지 않다는 건 관계에 대해, 노력할 의지가 있다는 것이다. 자신에게 노력하긴 한결 수월하다. 날 위해 투자하고 노력하는 건 무언가 얻는 것이기에. 하지만 내가 아닌 누군가를 위해 노력하겠다는 의지는 귀하다. 쉽사리 생기는 게 아니다. 그 점에서 나의 한층 성숙해지는 마음이 예쁘게 보인다. 앞으로의 일상이 또 하루가 다른 이들로 인해 얼마나 더 풍성해질지 기대된다. 하루가 다르게 변해 가는 따뜻함과 정이 사라져가는 이 세상, 그 안에서도 여전히 사람과 사랑은 사라질 수 없는 존재라고 확신한다. 사람, 그보다 더 중요한 게 있을까?

보고 듣는 모든 게 내게 다가와

어릴 적부터 상상력이 풍부하고 창의력이 좋은 아이였나, 그건 아니었다. 주변을 보면 워낙 생각이 많고 상상하는 걸 기본적으로 삶의 일부분으로 생각하며 살아가는 사람도 많다. 그에 비하면 참 건조한 삶을 살았다. 책을 옆구리에 끼고 다니는 다독 소녀도 아니었을 뿐더러 '문학'에 애정이 있었던 것도 아니니 내가 글을 쓴다고 하면 신기해할 사람도 많을 것이다. 누구나 영감을 받는 시간, 장소, 대상이 다르다. 늘 같은 것에서 새로운 느낌을 받기도 하며 전혀 새로운 대상이나 장소에서 뜻하지 않게 건질만한 물고기를 낚기도 한다. 부끄럽지만 영감에 관해 진지하게 생각하게 된 지 그리 오래되지 않았음을 고백한다.

첫 책을 집필하는 기간 마감을 스스로 정해놓고 작업을 했고 마감을 정해놓는다는 건 의외로 많은 도움이 되었다. 백지상태의 머릿속에 무언가를 형상화할 수 있는 아이디어를 주었다. 거창한 계획 없이 시작했던 작업이기에 모든 게 계획대로 짜여있지 않았다. 계획이 짜여있었다 하더라도 어디 계획이란 녀석이 그리 호락호락한 녀석이던가. 잘 써지는 날이 있는가 하면 백지상태로 종일 모니터 화면만 바라보는 날도 있었다. 그때부터였던 것 같다. 태어나 처음으로 영감을 원하고 그것에 대해 골똘히 생각해 보게 된 일이.

초보답게 가장 먼저 했던 일은 단연 독서였다. 어떻게든 없는 내용을 채워 넣어야 한다는 압박에 많은 책을 사고, 빌려서 최대한 많이 읽으려고 했다. 여전히 칼럼, 논문도 찾아 읽곤 한다. 독서는 앉아서 하는 여행이라고 하지 않는가. 그렇게라도 간접 경험을 많이 해두고 싶은 마음이다. 에세이를 읽으면 사람과 사람으로서 한 사람의 인생을 들여다보면서 오는 것이 있다. 소설을 읽다 보면 상상도 못 할 호기심과 흥미로움이 있다. 캐릭터에 빠져드는 몰입감 또한 매력이다. 다양한 에피소드에 색다른 영감을 얻을 수 있다.

자신과의 대화에 제일 좋은 걷기도 예로 들 수 있다. 걷다 보면 신기하게 세상에 나 하나만 존재하는 것만 같은 신비로운 느낌을 받는다. 나는 나에게 물음을 던지고 또 답하며 혼자만의 시간에 푹 빠져든다. 물아일체의 시간이 오는 것이다. 모든 것은 나와 어우러져 부족한 것도 더 나은 것도 없이 그저 내가 된다. 이 순간은 정적인 듯 보이지만 한편으론 굉장히 역동적이기도 하다. 두 가지 면을 동시에 느낄 수 있다. 걷기에 관한 책을 많이 읽어 보았다. 걷기를 빼놓고는 생각과 글쓰기에 관해 말할 수 없다고 할 정도로 연관성이 깊어 보인다. 실제로 걸어본 결과 또한 그렇다. 최근 읽은 책 일부를 인상 깊게 읽었다. 결론은 모든 것은 사유로 시작된다는 이야기였다. 산책을 통해 이를 경험하고 나니 깊이 공감되었다. 많은 내용의 책과 글을 읽는다 해도 결국은 자신의 언어로 자신의 이야기를 써야 한다. 그러기 위해서 사유는 빼놓을 수 없는 요소이다. 어쩌면 글을 쓰는 작업은 자신을 천천히 하나씩 알아내는 과정이고, 그러기 위해선 사유해야 한다.

요즘은 보지도 않는 영상물도 간혹 보곤 한다. 영상물은 좋지 않다는 편견을 나도 모르게 갖고 있었다. 그 유명한 영상들도 거부하곤 했는데 필요로 인해 갑자기 영상을 보게 되었다. 보고 배울 게 참 많았고 새로운 동기부여와 나를 돌아보는 시간, 그 외의 신선한 아이디어들이 떠올랐다. 영감은 새로운 무언가가 떠올랐을 때 그것을 유연하게 받아들이는 자세에 따라 다르게 작용하리라. 직관적으로 드는 생각이 있는가 하면 '이런 생각은 어떨까? 이런 방법은 또 어떻지?' 이렇게 생각이 꼬리를 물며 무엇엔가 닿기 위해 생각 여행을 떠나기도 한다. 떠오른 생각을 잡기 위해 우린 무슨 수라도 써야 한다. 쉽게 저절로 떠오르는 생각은 없다. 분명 어딘가에서 떠올랐던 부분이 연관되어 연결된다. 특별하지 않은 걸 특별하게 보는 시각에서 영감을 잡아 올린다. 특별한 것도, 흔하게 본다면 길어 올릴 물이 전혀 없다. 영감을 길어 오르고 싶다면 제일 먼저 가져야 할 자세는 어제 보았던 풍경과 대상, 생각에서도 새로운 것을 보는 눈이 아닐까.

오늘도 정보의 호수에서조차 아무것도 건지지 못했다. 괜찮다. 눈과 귀와 마음, 오감이 모두 열려 있다면 무언가 떠오를 시간은 충분하므로.

둘에서, 다섯은 어때

　동반자를 만나 결혼을 하고 몸에서 새 생명이 자라났던 내 나이
는 고작 스물여섯이었다. 세상을 몰라도 한창 모를 나이. 준비도
없이 시작된 결혼 생활과 엄마라는 또 다른 이름의 나는 혼란스러
웠다. 작고 소중한 아이가 세상에 나왔을 때 행복하기만 할 줄 알
았던 일상은 그저 정신없이 흘러가는 정해져 있는 일과에 불과했
다. 늘 회사 일로 늦게 퇴근하는 남편과는 신혼 시절부터 삐걱거렸
다. 나도 말이 없는 성격인데 배우자까지 말이 없으니 항상 대화가
없었고 육아하면서 많이 예민해진 탓에 사소한 일에도 싸움을 걸

기 바빴다. 어디서부터 잘못된 걸까? 결혼과 출산을 후회하기 시작했다. 잠시라도 멍하니 생각에 잠길 땐 아무 이유도 없이 눈물이 흘렀다. 뭔가 크게 잘못됐다는 생각이 들었다. 아무도 내게 결혼 생활이 힘들 것이라고, 아이를 낳는 일이 자신의 삶을 모조리 갈아 넣어야 하는 일이라고 얘기해주지 않았으니까.

결혼은 행복으로 가는 지름길이라고 생각했다. 불행한 인생을 행복하게 할 수 있는 방법은 결혼이라는 착각에 여기까지 오게 되었다는 생각에 매일 밤, 죄 없는 가슴팍을 치고 또 쳤다. 내 기억의 어린 시절은 슬픈 기억뿐이라서 아이에게 대물림은 하고 싶지 않았다. 속은 울고 있는데 겉으론 방긋방긋 억지 미소를 지어 보였다. 엄마로의 삶을 포기하고 싶다는 생각이 들 때면, 네가 사람이냐고 어떻게 그런 생각을 하냐며, 스스로 자책했던 기억이 떠오른다. 이혼하는 사람들이 여전히 많은 걸 보면 내가 생각했던 결혼은 행복으로 가는 지름길이라는 생각을 그들도 했겠다는 생각이 든다. 결혼을 무엇이라고 정의 할 수 있을까? 한마디로 정의하긴 힘들겠지만 12년 차 기혼 여성으로 살아 본 내게 결혼은 미완성인 두 남녀가 사랑과 이해로 완성에 가까워지기를 소망하는 과정 같다.

서로 다른 환경에서 자란 모든 게 다른 두 남녀가 만나서 연애한다고 생각해 보자. 연애하는 과정에서도 각자의 생각을 고집하고 다름을 인정하지 않는 상황이 닥치면 서로 부딪히는 일이 잦을 것이다. 그런 상황에선 서로의 마음을 이해하려고 애쓰고 대화를 나누면서 상대를 인정하려는 자세가 큰 도움이 된다. 자기 생각만을 계속 강요하고 사랑하는 사람의 마음을 헤아릴 줄 모른다면 그 관계는 언젠간 끝이 난다. 사람들은 이러한 사실을 잊고 무작정, 결혼하면 지금보다 더 행복할 거란 생각을 하는 것 같다. 마치 영화 속 주인공이 손가락에 반지를 끼고 웨딩드레스를 입고 행복한 미소를 짓는 것처럼. 왜 우리는 인간관계와 결혼, 육아, 출산에 관해서는 학교에서 배우지 못하는 걸까? 살아가다 보면 정작 제일 중요한 문제가 이 같은 문제다.

우리 부부는 이혼 위기를 여러 번 겪으면서 터득한 요령이 있다. 대화로 풀어가는 방식인데, '내 감정을 솔직하게 표현하기'는 위기의 부부에게 가장 필요한 대화법이 아닐까 싶다. 남편과 나는 자신의 감정을 파악하고 이해하기에도 벅찼다. 자신의 마음을 모르니 표현에도 서툴렀고 상대의 마음을 이해하는 건 더욱 어려워했다. 그렇게 감정에 관해 엉성했던 우리는 조금씩 자신의 감정부터 표현하기 시작하면서 몰라보게 집 분위기가 변화하는 기적을 경험했다. 이 방법은 딸들에게도 자주 이야기하는 부분인데 처음엔 어색해했지만, 점차 자신의 감정을 표현하는 일에 불편함을 갖지 않게 되었다. 그다음으로 우리 부부, 가족 전체에 가치를 두고 있는 부분은 잘못을 '사과'하는 것이다. 사람들은 외부에서 만나는 관계에서는 상대의 마음을 파악하려고 하고 관계를 유지하기 위해 굉장히 노력한다. 그 정성만큼만 가족에게 해도 아마 이혼율이 급격히 낮아지지 않을까. 가족에게는 어떻게든 곁에 있을 거라는 안도감 때문인지 정성 들이는 관계로 지내기가 힘들다. 정작 가장 노력해야 하는 대상은 가족이라는 걸 알게 되는 순간, 너무 늦어버린 것에 대한 후회와 돌이킬 수 없을 거라는 마음에 아무것도 할 수 없는 상황을 마주한다. 확실히 관계를 회복하려면 꾸준한 노력이 필요하다. 모든 일이 마법처럼 한 번에 이루어지지 않듯 관계도 마찬가지다. 이런 당연한 사실을 잊고 사람들은 관계를 너무 쉽게 포기한다. 시대가 아무리 변하고 심플한 인간관계, 가족 간에도 서로의 개인적인 시간을 중요시하는 요즘이라 해도 근본적으로 가족이라는 사랑의 형태는 변함이 없기를 바란다.

뒤늦게 가족에 합류한 또 다른 생명이 있었으니 바로 반려동물

푸름이다. 푸름이는 현재 7살인 갈색 푸들인데, 생후 한 달 반쯤 우리 집으로 오게 되었다. 앙증맞고 귀여운 녀석이 무럭무럭 자라더니 덩치가 커졌지만 어쩐지 그런 모습이 더 예쁘고 건강하게 잘 자라준다는 생각에 감사하다. 워낙 아기 때부터 아이들과 함께 성장해서 그런지 우리 집 막내 노릇을 톡톡히 한다. 자기가 사람인 줄 아는지 나를 엄마로 인지하는 듯한 푸름이를 보면 이 작은 생명에게 사람은 큰 사랑과 위로를 받는다는 사실에 가슴이 뭉클할 때가 자주 있다. 이렇게 우린 둘에서 다섯 식구가 되었다. 여전히 실수 투성이에 성장 중인 우리이지만 투닥투닥거리는 모든 과정이 성장통이라고 생각하며 긴 여정을 함께하는 우린 가족이다.

평생 공부하는 할머니가 되고 싶어

    열한 살에 시작된 우울증은 스무 살까지 지속되었다. 우울증의 가장 큰 증상은 무기력이 아니던가. 우울증으로 인한 무기력감으로 십 대 시절을 아무것도 하지 못한 채 보냈다. 다들 열심히 공부했고 예체능을 준비하는 친구도 있었지만, 난 늘 아무것도 하지 않는 아이였다. 스무 살이 되면서 조울증이 된 병은 나에게 열정을 처음으로 알게 해주었다. 무엇이든 욕심내고 도전하는 사람으로 변한 나는 쉴 틈 없이 달렸다. 배우고 싶은 게 참 많았다. 막연히 돈을 잘 벌고 싶어서 또는 어떠한 사람이 되기 위한 배움이 아니었다. 그저 배우는 과정이 즐거웠고 희열을 느낄 수 있었다. 계속 개인적인 투자를 하기엔 너무 짧았던 나의 이십 대. 너무 이른 결혼으로 집에서 아이와 둘만 있는 시간을 보내다 보니 어릴 적 느꼈던 무기력이 다시 시작되었다. 삶을 살아야 할 의지조차 잃어버린 채 그저 하루를 버겁게 견뎌내고 있었다.

우연한 기회로 글쓰기 수업을 듣게 되었다. 글을 쓰면 아픔이 치유될 수 있다는 말에 이끌렸다. 스스로 아픔이 많은 인생이라 생각했다. 영영 치유될 수 없는 상처투성이인 날 바라보고 있자면 애처로웠다. 해보기라도 하잔 생각에 짧게라도 매일 글을 쓰기 시작했다. 글을 쓰면서 신기한 경험이 시작되었다. 상처를 글로 쓰다 보니 이 상처가 더는 나의 상처 같지 않았다. 멀리서 누군가의 상처를 바라보는 기분이었다. 그렇게 객관적으로 상처를 볼 수 있게 되고 나니 아픔이 느껴지지 않았다. 더 이상 상처투성이인 인생을 한탄하지 않게 되었다. 그렇게 후회하던 삶이 다르게 보였다. 고통스럽고 아프다고 느꼈던 과거는 모두 글감이 되었다. 글로 탄생한 지나온 역사는 누군가에겐 공감이 되고 희망을 줄 수 있다. 쓰는 삶을 살기 시작하고 삶의 의미를 다시 찾았다. 의욕이 생겼고 열정이 스멀스멀 올라왔다. 몸과 마음은 다시 뜨거워졌다.

누구에게든 살아갈 힘을 얻을 기회가 오는 순간이 있다. 내게는 글이 그랬다. 삶이란 어쩌면 그저 살아가는 건지도 모른다. 살고자 하는 의미를 찾아가는 여정. 없을지도 모를 그것을 우린 찾아가는 게 아닐까? 열정이 생기니 하고 싶은 일이 많아졌다. 최근엔 생각만 하고 시작하지 못했던 유튜브 방송을 시작했다. 더딜지는 몰라도 하고 싶은 만큼 즐기고 싶다. 무언가가 되기 위한 목표를 갖기보다는 그저 신나고 싶다. 작년엔 공부를 좀 더 하고 싶다는 마음에 뒤늦게 국어국문학과를 진학하는 도전을 했다. 힘든 순간이 많지만, 도전에 후회는 없다. 그림을 좋아하지만 늘 주저했던 내가 이젠 그림 에세이를 내고 싶다는 마음에 그림도 시작했다. 주저하기를 반복하는 사람에게 도전이란 어려운 단어일지도 모른다. 그 이유를 도전 후 찾아오는 '실패' 때문이라고 생각한다. 하지만 실패란 단어는 부정적인 단어가 아니다. 실패는 성장해 가는 과정에 꼭 있어야 할 부분이다. 실패가 있기에 배움이 있고 성장과 발전이 있다. 처음부터 완벽한 사람은 없으며 아무리 노력한다 해도 완벽해질 순 없다. 그저 즐기자는 마음, 신나게 한번 도전해 보자는 마음으로 무거움을 내려놓는다면 우리에게 도전은 이제 더 이상 어려운 단어가 아닌 설레는 단어가 될 것이다. 머리가 하얗게 변해

남들이 보기엔 그저 나이 든 할머니가 된다 해도 여전히 가슴엔 설
렘과 열정을 품고 앞으로, 앞으로 끝없는 길을 가벼운 발걸음으로
걸어가는 할머니로 늙어가고 싶다.

Chapter. 3

김지연

사랑은 깊은 책임감이다

사랑이란 무엇일까?

사랑이란 무엇일까? 바라만 봐도 행복한 것이 아닐까. 사람이 살아가는 인생의 깊은 원동력이 바로 사랑이다. 사랑이 없는 삶이란 얼마나 무미건조한가. 웃을 일도 없고 설렐 일도 없고 슬플 일도 없고 가슴 떨릴 일도 없다. 이러한 시간이 계속되면 큰 무력감을 느낄 수 있다. 누군가를 사랑하면서 인생의 가치를 깨닫고 삶의 의미를 더하게 된다. 사랑이란 활력 그 자체이다.

그런데 아무나 사랑할 수가 없다. 내 마음에 든다고 일방적으로 그럴 수 없다. 누군가를 사랑하려면 그 사람의 동의가 필요하다. 그런데 그 사람의 마음이 나와 같지 않다면 나의 감정은 병든 감정이 된다.

서로 동의해 나가는 과정을 위해 먼저 만나보고 서로 마음에 들면 사귄다. 사귀면서 본격적으로 사랑이 싹트고 성숙해져야 하는데 그 사랑이라는 게 있다가도 없고 없다가도 있다.

오래 만났다고 사랑이 있는 것이 아니다. 아주 오래전에 사랑은 없어지고 끝났는데도 자주 만나며 서로 관계를 이어오는 경우가 많다. 특별히 멀어질 계기가 없어서 그냥 함께 한 것이다. 그래서 20년, 30년을 함께 했지만 마음은 아주 냉정히 멀어져 가는 경우가 있다. 함께 한 시간이 길어도 그 사이에 건강한 사랑이 존재하지 않으면 서로의 가치를 제대로 인정할 수 없게 된다. 이러한 마음의 균열은 인생에서 큰 위기가 닥쳤을 때 본모습을 드러낸다.

정말 사랑하면 그 사람이 떠나가는 것이 두려울 것이다. 그 사람이 없는 삶이란 어떤 걸까? 여기서 사랑이란 반드시 남녀 간의 사랑만을 의미하는 것이 아니다. 가끔 보는 친구, 지인, 가족, 동료 등이 다 해당된다. 그냥 평소처럼 밥 먹고 헤어졌는데 이렇다 할 인사 없이 다시는 안 보게 된 인간관계도 그렇다. 정이 없어서 다시보지 않는 것이다. 늘 그 자리에서 정기적으로 만난다는 것 자체가 큰 안정감을 준다.

사랑이 부족한 사람은 비난받기가 쉽다. 가족으로 묶이면 무조건 사랑해야 하는 것처럼 보이지만, 실상은 그렇지 않다. 가족으로 묶여도 사랑이 없을 수 있다. 운명처럼 만났는데 마음이 안 갈 수 있다. 자식이라고 무조건 예뻐하지 않는다. 부모 형제라고 무조건 애틋한 것은 아니다.

그런데 부족해진 사랑은 노력으로 채울 수는 없다. 정이 안 가는 사람을 어찌 노력으로 사랑할 수 있겠는가. 사랑은 자연스럽게 생겨야 한다. 그러면 저절로 할 수 있는 행동이 아주 많이 생긴다. 안 생기는 사랑을 또 어찌하겠는가.

사랑에 빠진 사람에게는 따로 요구할 일이 별로 없다. 알아서 척척 다 하기 때문이다. 사랑에 빠지면 그 사람이 밥 먹는 것도 예쁘고 화내는 것도 예쁘다. 설령 무슨 잘못을 했다고 해도 감싸주고 기꺼이 편이 되어 준다. 내 곁에 있는 사람이 나를 사랑하는 것만으로도 나는 삶 자체가 편해진다. 하지만 사랑이 없는 사람이라면 어떨까? 이것저것 하라 시키면 귀찮아 한다. 말만 많고 작은 일 하나도 걸림돌이 된다.

사랑이란 무엇일까?

사랑이란 노력한다고 생기는 감정이 아니다. 사랑이란 함께 보내는 시간을 오래 가진다고 생기는 것도 아니다. 그냥 눈 감고 잘해준다고 생기는 것도 아니다. 상대방의 마음은 살피지 않고 나만 노력한다고 생기는 것이 아니다.

사랑은 사람과 사람 사이를 지탱하는 거대한 힘이다. 눈에 보이지 않고 만질 수 없지만 그 존재감이 분명히 느껴진다. 사람들 사이에 사랑이 없으면 맥없이 와르르 무너진다. 사랑이 없으면 사소한 문제에도 크게 균열이 간다. 사랑이 있으면 어떤 위기가 와도 극복할 방법을 찾아낸다.

그러니 사랑이란 인생의 원동력이다.

가장 큰 사랑은 책임감이다

사랑이란 알량한 것이 아니다. 쉽게 변하는 것도 아니다. 사랑은 한결 같은 것이며 삶을 이롭게 한다. 또한 사랑은 모두를 행복하게 한다. 어느 한 사람이 불행해진다면 그건 사랑이 아니다. 또한 삶을 파국으로 치닫게 하는 것도 사랑이 아니다. 사랑해서 벌어지는 일 중에 비극적인 일은 없다. 혹시 사랑해서 실수했다는 말을 한다면, 그건 그냥 핑계다.

사랑이란 들뜨고 가벼운 것이 아니다. 균형감 있고 안정감 있으며 편하게 하는 것이다. 사랑은 불안하지 않으며 마음의 평정을 불러오며 궁극의 행복으로 닿게 하는 것이다.

사랑의 본질적인 가치는 바로 책임감에 있다. 책임감이 있으면 모든 것이 완전해지고 가능해진다. 책임감이 있다는 것 자체로 그 과정이 달라지고 결과도 달라진다. 진짜 내가 내 인생의 주인이 되기 위해서도 책임감이 있어야 한다. 책임감 없이 남 탓하며 살아가면 내가 내 인생의 주인도 될 수 없으며 내가 진실로 원하는 것이 무엇인지도 알 수 없게 되며 결국 아무것도 제대로 할 수 없게 될 수도 있다.

책임감이 있는 사람은 눈빛이 다르다. 또한 쉽게 포기하거나 물러서지 않는다. 책임감이 있으면 약속을 지킨다.

사랑에 빠지면 어떨까? 가슴이 설레고 구름 위를 걷는 기분이 찾아온다. 단, 사탕을 먹고 달콤한 기분을 느끼듯 잠시 좋은 기분을 사랑으로 여겨서는 안 된다. 겉으로 보이는 화려한 것에 현혹이 되어 스스로 뭐라도 된 것처럼 으쓱하는 것도 잠시 자기 자신을 잃고 착각한 것에 지나지 않는다. 또한 내 마음대로 욕심을 부린다고 그것이 이루어질 거라고 맹신해서도 안 된다.

알량한 것을 사랑의 본질로 생각해서는 안 된다. 금방 변하고 금방 식는 것은 사랑이 아니다. 진짜 사랑이란 엄청난 책임감 그 자체이다. 함께 일하다 보면 서로 하기 싫은 일은 미루기는 쉬워도 나서서 책임을 지려고 하지 않는다. 쉽고 편한 일만 골라서 하려고 하고 어려운 일은 가장 만만한 사람에게 미루는 일이 허다하다. 스스로 조금 편해지려고 비난의 화살을 만만한 남에게 돌리기 쉽다. 그런데 그렇게 해서 스스로 자기 인생의 주인공이 될 수는 없다. 매번 내가 선택을 해서 살아가는 것 같아도 사실은 매사에 나를 둘러싼 모든 것에 간택을 받으며 살아간다. 그것을 '인정'이라고 한다.

타인에게 인정받지 못하면 내 자리도 없어지는 일이 많다. 물론 인정이라는 것이 전부는 아니다. 많은 간택을 받기 위해서는 일단 내가 내 삶의 주인공이 되어야 하고 내가 내 삶에 깊게 뿌리를 내려야 한다. 그래야 간택받지 못해도 실망하지 않고 또 다른 길을 찾을 수 있다. 그러한 힘의 동력은 바로 사랑, 그 사랑의 본질인 진실한 책임감에 있다.

사랑이란, 어떤 때라도 그 사람을 꼭 지켜주겠다는 깊은 책임감이다. 남의 덕을 보려고 하는 것은 결코 사랑이 아니다.

사랑은 삶에 이득이 되기도 하고
손실을 만들기도 한다

사랑. 생각만 해도 심장이 뛰고 가슴 벅찬 단어다. 사랑이 없어진 삶이란 얼마나 허망한가. 사랑은 인생의 활력소가 인생의 포인트이며 때로는 인생의 전부가 되기도 한다.

그런데 사랑이 반드시 삶에 이득으로만 자리하는 것은 아니다. 어떤 사람을 만나느냐 어떤 사랑을 하느냐에 따라서 이득이 될 수도 있고 손실이 될 수도 있다. 삶의 결과를 좌우하는 큰 요소로 작용하기도 한다. 언제나 선택의 기로에서 선택에 따른 결과를 맞이하면서 살아가면서 미래는 예측할 수 없고 내 마음대로 되는 것이 아니다. 아무리 나 자신에게 스스로 피드백을 줘도 운명은 피해갈 수가 없다.

타인을 사랑하기 힘들 때, 타인과의 관계에서 어려움이 있을 때 차라리 나 자신을 사랑하는 방법으로 선회하기도 한다. 내가 나를 사랑해서 얻는 손실은 없다. 하지만 남을 사랑할 때보다 다이내믹하고 가슴 떨리고 박진감 있을 수는 없다. 내 자신을 사랑하는 일은 매우 잔잔하다. 때로는 지루하고 어느 순간 지루해지는 일에서 큰 의미를 찾을 수도 없다. 나 자신을 사랑하는 일은 안정감 그 자체일 뿐이다.

타인을 사랑하는 일은 두고두고 인생에 남는 추억이며 기록이 된다. 사랑이란 본능적인 것이다. 이성적으로 해석하려는 것이 어렵다. 아주 직관적으로 마음으로 훅 다가오는 것이 사랑이다. 그런데 조건을 따지고 이해득실을 검토하고 이것저것 걸리는 게 많다 보니 집중하지 못하고 사랑을 못하게 되는 것이다.

어떤 사랑이 인생에서 가장 손실을 일으키는가. 그것은 나는 믿고 사랑했는데 상대방은 그렇지 않을 것이다. 상대방 마음이 내 마음 만큼 되지 않으면 크든 작든 손실은 일어난다. 내가 많이 좋으면 상대방은 그렇지 않을 확률도 높아진다. 내 마음이 어느 정도 받아들여졌을 때도 리스크는 있는데, 만일 상대방이 나를 싫어하는데 나 혼자만 좋아한다면 그건 인생의 큰 위기가 된다.

누군가를 좋아하게 되면 그 순수한 마음은 이용당하기도 쉬워진다. 나를 좋아해주니까 부담을 떠안을 거라고 생각하고 이것저것 어려운 부탁이나 요구를 하기도 한다.

사랑은 원래 하나다. 둘이 될 수 없고 둘 이상을 사랑하기 어렵다. 근본적으로 하나여야 집중할 수 있고 그 가치가 올라간다. 다른 사람을 사랑하면서 조건에 맞는 사람과 삶을 영위하기는 어렵다. 다른 사람을 사랑하는 사람 옆에 있는 것도 인생의 리스크다.

사랑에는 수명이 있다. 누군가는 짧고 누군가는 길다. 사랑은 끝날 때 가장 강렬해서 헤어질 때 폭발하듯이 사랑의 힘이 발휘된다. 큰 슬픔을 느끼고 눈물을 흘리면 내가 얼마나 그 사람을 사랑했는지 스스로 깨닫게 된다. 마지막 폭죽이 터지듯이 시들기 전에 만개한 꽃처럼 강렬하고 아름답다.

사랑의 수명이 짧은 경우도 인생의 리스크가 된다.

내가 노력하지 않아도 인생이 술술 잘 풀리는 경우가 있다. 내 곁에 있는 사람이 나를 아주 많이 사랑하면 그렇다. 그런데 내가 아무리 노력해도 티도 안 나고 도리어 힘들어질 때가 있다. 그건 내가 무가치한 사람과 감정 교류 없는 사람과 함께 하기 때문이다. 그만큼 사랑이 인생에 끼치는 영향력은 실로 크다.

사랑하게 되면 그 사람의 편이 된다. 그 사람이 잘났든 못났든 큰 기여를 했든 큰 잘못을 했든 상관없이 그 사람의 편이 된다. 믿어주고 지지해준다. 사랑이란 강력한 내 편을 만들어주면 인생에 큰 덕이 된다. 사랑하는 사람을 위해서 혼자서는 하지 않던 노력을 하게 되고 그것은 큰 시너지가 되어 인생에 유의미하게 작용한다. 자기 능력의 100% 이상은 자기 자신의 동력만으로 발휘하기는 어렵다. 누군가를 진실로 사랑하게 되면 초능력처럼, 평소에는 발휘하지 못했던 나의 능력이 훅 튀어나온다. 사랑한다는 감정이 깊고 강렬할수록 더욱 그렇다.

두 사람이 사랑을 하나면 한 사람은 리더, 한 사람은 팔로워의 관계를 이룰 수 있다. 보통 가스라이팅은 나쁘다고 여겨진다. 그러나 강력하게 가스라이팅을 해줄 카리스마 있는 누군가를 기다리기도 한다. 스스로 생각하기 싫고 맹목적인 믿음을 가지며 편안한 마음을 갖고 싶을 때 그러다. 실컷 가스라이팅을 당해놓고도 결과가 좋으면 조언이 되고, 참된 충고를 해주었음에도 결과가 나쁘면 가스라이팅이 되기도 한다. 그냥 사랑 하나 외에 아무것도 눈에 안 보이고 그냥 하나만 생각하고 싶은 것이다. 그러나 그렇게 눈감고 남한테 의지하는 것을 사랑이라고 여기면 안 된다. 이는 반드시 화를 부른다. 스스로 확신이 없고 자신감이 없어서 혹은 생각하기 싫어서 중요한 책임과 결정을 남에게 의지해서 안 된다.

나를 사랑하지 않는 사람을 놓아주는 것은 내 삶의 큰 리스크 하나를 제거하는 것이다. 섭섭하지만 그 사람도 노력해도 안 되니까 이해해줘야 한다. 사랑이 노력한다고 되는 일인가. 그 사람이 나에게 정이 없는 것은 그 사람 잘못도 아니고 내 잘못도 아니다.

죽이 잘 맞는 콤비가 되어 서로 비등한 감정을 가지고 사랑을 영위한다면 둘다 큰 시너지를 얻게 되고 인생의 외로움과 고독감에서 해방되며 서로의 인생을 든든하게 지켜줄 수 있게 된다. 그래서 진실로 사랑하는 사람을 만나고 그 사람과 함께 해야 하는 것이다.

삶에 대한 큰 두려움이 있을수록 사랑보다도 지금 당장 안심할 수 있는 경제력, 배경 등에 주목하고 사랑의 비중을 줄이고 안락한 것에 기대게 된다. 그러나 사랑은 건강 같은 것이다. 다 이루어도 건강을 잃으면 말짱 끝이듯이 모든 안락함을 갖추고도 사랑이 없으면 유지하지 못한다.

살아가면서 사랑이 만드는 이득은 크고 손실도 크다. 손실을 피해가기 위해서는 건강한 사랑, 건강한 감정을 유지해야 한다. 그러려면 스스로 마음속에 어두운 욕망, 비뚤어진 심리 등을 교정해야 한다. 어려운 것이 아니다. 그냥 착해지면 된다. 이미 우리는 다 알고 있다. 해야 할 행동과 하지 말아야 하는 행동을 스스로 다 알고 있다.

아마 모두가 인생을 잘 살고 싶을 것이다. 잘 사는 방법 중에 하나가 인생에 덕을 부르는 사랑을 하는 것이다. 언제나 사랑의 가치를 마음 속에 품고 사는 것이다.

왜 헤어지는가?

우리가 인간관계에서 진짜 원하는 것은 무엇인가? 바로 오래가는 것이다. 한번 보고 말 사람에게 성의를 다하지 않는다. 오래 꾸준히 봐야 의미가 있다. 언젠가 끊어질 인연, 다시 안 볼 사람이라면 에너지를 쓰고 싶지 않게 된다.

사람은 왜 헤어지는가? 함께 하는 것보다 갈라서는 편이 낫다고 생각해서다. 헤어지고 나서 혼자가 되고 또다른 누군가를 만났다가도 옛사람이 생각나는 건 그저 간교한 마음일 뿐이다. 헤어졌던 사람은 다시 만나도 또 헤어지게 되어 있다. 본질적으로 대인관계에서 오래 유지되는 관계를 지향하는데 어차피 또 헤어질 것 이미

금이 간 관계를 애써 돌이키려고 노력하지 않는 것이 낫다. 애써 질질 끓어도 또 다른 위기 앞에서 쉽게 무너질 것이다. 인생은 굴곡의 연속인데 어려움의 시기가 오면 분명 헤쳐나가지 못할 것이다. 아니다 싶으면 얼른 발을 뺄 것이다.

누군가를 만나고도 성에 차지 않아서 이 사람 말고 더 나은 사람을 만날 수 있을 것 같고 이 사람에게 정착하기에는 뭔가 부족하다고 여겨질 때가 있다. 그래서 좀 더 만나보고 이 사람, 저 사람 다 겪어보고 그래도 처음에 만났던 그 사람이 제일 낫다고 생각한다면 그 또한 인연은 아니다. 비교군이 있어야만 가치를 인정받기 때문이다.

나는 별로 잘못한 것이 없는데도 버림받을 때가 있다. 분명 잘못한 건 없을 테고 다만 좀 부족하게 보여서 그렇다. 비교군 없이도 그냥 그 사람 하나만으로 마음에 쏙 들어야 사랑이라 할 수 있다. 언제든 새로운 경쟁자가 나타나면 내 자리를 빼앗기게 될 테니까. 그러니 망설이는 사람 앞에서는 정리를 해야 한다.

진짜로 사랑이라는 것을 하면 빈자리가 생겨도 함부로 다른 사람으로 채우지 않는다. 직관적인 사랑의 힘이 부족할 때 고르고 또 고르게 된다. 그런데 다 거기서 거기다. 그러다 보니 옛날 생각도 나고 아쉬움도 남는 것이다.

사랑이란 만남에 가치를 부여하는 것이다. 맛있는 걸 보면 같이 먹고 싶고 멋진 옷을 보면 선물하고 싶고. 왜 헤어지는가? 만남이 가치가 없어서다. 그냥 혼자 먹고 싶고 혼자 살고 싶은 것이다. 사랑이 있으면 모든 것이 모인다. 하지만 사랑이 없으면 다 흩어진다. 그것이 보이지 않는 사랑의 힘이다.

사랑을 잊는다는 것

사랑에 있어 가장 어려운 것은 역시 잊는 것인 것 같다.

누군가를 만나고 감정을 교류하고 그러다 연이 다 되어 멀어지고 안 보는 시간이 그 잠깐 인연이 있었던 시간보다 훨씬 더 많아질 만큼 시간이 흐르고도 생각나는 사람이 있다.

여기서 사랑이란 단순한 이성 관계가 아니다. 함께 시간을 보내고 같이 웃고 이야기를 나누었던 모든 사람들이다.

한때는 친했지만 이제는 연락하지 않는 사람. 사람인 지라 함께했을 때는 분명 사랑이라는 감정이 있었다.

분명히 다 헤어졌고 오래전에 연락이 끊겼다. 그리고 어쩌면 그들은 내가 생각이 나지 않을 수도 있다. 나를 다 잊어버렸을 수도 있다.

그런데 나는 시간이 아주 많이 흐르고도 사람을 잘 잊지 못한다. 언제나 감정은 어딘가에 숨겨져 있다가 불쑥 나온다. 사람을 보내주는 것이 이토록 힘든 거구나. 문득 깨닫는다. 당연히 다시 만나볼 생각도 없고 연락할 마음도 전혀 없다. 사랑이라는 것이 내 마음에 큰 자국을 남겨서 그것을 다 지우는 것이 힘들 뿐이다.

한때 나에게 사랑으로 자리했던 사람들이 SNS라도 했으면 한다. 그러면 요즘 모습을 조금이라도 볼 수 있을 텐데. 그런데 하는 사람들이 거의 없다. 문득 생각나는 사람의 이름을 검색창에 쳐보기도 한다. 당연히 별 내용이 없다. 비록 만나거나 이야기를 나누지 못해도 그정도 보는 것으로도 참 좋을 텐데 그런 생각을 해보기도 한다. 그럼에도 현실적으로 아마 우연히 마주치면 당황스럽고 모른 척할 것이다. 이미 세월이 많이 흘러 이제 그들도 빛나던 시절의 그 모습이 아닌 나이든 모습으로 바뀌었다. 여기서 내가 그리운 건 아마도 지금의 모습이 아닌 예전의 그 모습이다. 그러니 영원히 찾을 수 없는 것이기도 하다.

사람을 놓아주는 것이 참 힘들다. 비록 그 사람이 나에게 상처를 줬음에도 그리고 나를 하찮게 여기고 대했음에도. 나는 오래전에 사실 손절했다. 떠나가야 할 때를 잘 아는 내가 오랫동안 아닌 인연을 붙들고 있지는 않는다.

멀어졌다고 미워할 필요도 없다. 멀어질 수도 있고 더 안 볼 수도 있다고 생각한다. 아마도 나를 더 만날 필요가 없어서 그들도 멀어진 것일 것이다. 그 사람도 자신의 시간을 소중하게 쓰고 싶을 것이다. 니즈가 있어야 사람은 만난다.

하지만 인연은 끝났지만 다 잊은 것은 아니다. 진실로 다시는 생각이 나지 않게 보내주고 놓아주는 것이 너무 힘들다. 정말 그 사람들의 미소가 너무 아름다웠고 함께 웃는 시간이 너무 즐거웠고 같이 밥먹어서 즐거웠고 같이 있어서 든든했었나 보다. 아무래도 그때 정말 행복했었나 보다. 진실한 사랑이 아닌데도, 그냥 그저 그런 사랑이었는데도 그것만으로도 정말 즐거웠나 보다.

사이 좋을 때 살뜰하게 챙겨 주고 마음 쓰는 것보다 인연이 끝나고 마음을 정리하는 것이 더 어렵다. 일순 정 떨어졌을 때 마음 정리가 한번에 되는 것 같지만 시간 지나면 마음이 누그러들고 다시 생각하게 된다. 사랑이란 이렇게 긴 빈자리와 추억, 기억을 남긴다.

사랑의 소멸

인생을 바꾸는 방법 중 하나가 곁에 있는 사람들을 정리하는 것이다. 아무리 노력해도 잘 안 되던 일도 인연을 정리하면서 해결이 된다.

거의 다 시절 인연이다. 학교에 가서 사람을 만나고 직장에 가서 사람을 만난다. 반이 바뀌면 잘 안 만나게 되고 졸업을 해도 뜸해진다. 출근할 때는 매일 보던 사람도 퇴사를 하면 거의 안 보게 된다. 그게 마지막이라고 해도 전혀 이상하지 않다. 시절이 끝났는데 시간을 내서 따로 만나는 건 힘든 일이다. 내 일상의 루틴 속에서 자연스럽게 들어와 만나게 되는 사람들이고 나의 루틴이 바뀌면 자연스럽게 사라지는 것이다.

사랑이란 태풍과 같다. 태풍처럼 격정적이고 맹렬하다. 태풍이 소멸하면 어떠한가? 평온이 찾아온다.

아무리 똑똑하고 성실한 사람도 결이 안 맞는 곳에 있으면 실력을 발휘하기 어렵다. 그럴 때는 그때 스스로 고쳐나가기 보다는 차라리 그 공간에서 벗어나면 쉽게 새로운 길에 들어설 수 있다. 크게 도움이 안 되는 사람에게 둘러싸여 있으면 좀처럼 결과를 볼 수 없는데 인연을 정리하는 것으로도 인생이 달라질 수 있다.

사랑이 끝나면 인생의 새로운 문이 열린다. 나에게 가장 중요했고 내가 가장 소중한 사람이 사라지면 또다른 시야를 갖게 된다. 만일 사랑에 얽매여 있었다면 그 사람이 가는 길을 따라가야 하고 그로 인해 나의 삶도 이어지겠지만, 그 사람과 헤어져서 나만의 길을 가게 되면 또 새로운 국면이 생기는 것이다.

사랑이 소멸하는 건 슬픈 일이 아니다. 물론 늘 보던 정든 사람을 놓아준다는 것은 아픔이지만, 인생의 새로운 문을 열 수 있는 기회이기도 하다.

언젠가 나의 손을 놓아버린 그 사람을 원망한 적이 있다. 하지만 지금은 다행이라고 생각한다.

진짜 내 인생이 다른 곳에 있어서 떠나간 것이다. 그때 사랑이 소멸하면서 나는 진짜 내 인생의 길을 걷고 있다. 사람은 누구나 자신만의 인생을 살게끔 되어 있다. 진짜 자기 인생을 살기 위해서 사랑의 시작과 소멸이라는 여정이 생겨나는 것이다.

Chapter. 4

천정은

고부관계가 제일 쉬웠어요
'시어머니의 사랑'

미안하다 미안해

부산이 고향인 시어머니는 부산 토박이로 부산에 산 지 50년이 다 되어 가신다. 부산하면 떠오르는 이미지는 애교 있는 말투와 귀여움의 억양이 아닐까? 어머님의 사투리를 듣기 전까진 그렇게 생각했다.

결혼 전 인사드리러 가는 날 들었던 어머님의 사투리는 알아들을 수가 없는 '외계어'였다.

반찬이 가득한 상 앞에서 아들과 며느리를 반기는 어머니의 첫마디는 "차 많이 막히제? 고생했대이. 욕봤다." 라며 억센 억양과 높낮이는 나를 당황하게 만들었다.

'욕봤다가 말이 무슨 뜻이지?'

혼자 속으로 되뇌어 봐도 떠오르지 않았다.

'욕봤다? 욕봤다가 무슨 뜻이지?'

그뿐 아니라 반찬에 젓가락이 갈 때마다 말씀하신다.

"이것 먹어보래이~ 저것 먹어보래이~"

시도 때도 없이 반찬을 이쪽저쪽 옮겨주며 나름 배려를 해줬다. 손이 닿지 않아 못 먹는 반찬을 가리키며 이건 '파이냐?'고 묻는데 순간 얼음이 되었다.

'파이'냐고요?

손이 닿지 않아 안 먹을 뿐인데 파이라니? 무슨 말인지 통 알아들을 수가 없었다. 내가 생각한 애교와 귀여운 말투와는 거리가 멀었다. 뭔가 모를 외계어에 높낮이가 오락가락한 말투였다. 뒤늦게 어머님의 말을 통역해준 신랑은 나를 보며 웃었다.

결혼식 날 식장에서 울려 퍼지는 말소리 역시 가관이었다. 전라도와 경상도의 사투리 대격전이었다. 너무나도 다른 억양과 말투로 식장은 시끌벅적했다. 전혀 어울리지 않을 것만 같은 경상도와 전라도의 만남이었다.

시어머니는 결혼식 날 말씀하셨다.

"해준 게 없어서 미안하데이."

미안하다는 말만 되풀이 했다.

사실 혼수도 생략했고, 예물도 간소화했다. 어머님은 이혼 후 힘든 생활고를 겪으셨다. 신혼집도 관사 15평에서 시작했다. 친구들은 그런 나를 안쓰럽게 쳐다봤지만, 당시 나는 콩깍지가 단단히 씌었다. 다이아몬드 몇 부 받았냐고 묻는 친구들과 신혼집은 어느 아파트 몇 평이냐며 묻는 친구들 앞에서 나는 할 말을 잃었지만, 시어머니 자랑거리는 많았다.

시어머니는 내게 "없는 집에 시집와줘서 고맙다."는 말을 자주 했다. 늘 웃으며 반겨주는 나에게 시댁 어려워하지 말라며 마음만은 편하게 해주었다.

4시간 거리에 떨어져 살았던 어머님은 당신의 생일날에도 미역국은 알아서 끓여먹을 테니 신경 쓰지 말라고 했다. 장남인 신랑은 신경이 쓰였는지, 나에게 부산 구경도 할 겸 혼자 계신 어머님에게 다녀오자고 했다. 나 역시 생신 당일 날에도 전화 한 통화만 했던 게 신경 쓰여 흔쾌히 가자고 말했다.

어머님은 안 와도 된다며 말렸지만 우리는 왕복 10시간 가까이 운전하고 다녀왔다. 장거리 운전에 피곤할 우리를 위해 상 위에 가득 맛있는 반찬을 해놓았다. 생신상을 차려드리려고 가는 건데도 어머님은 괜찮다며 당신이 직접 다 하셨다. 물론 없는 살림에 뻔한 반찬이었지만, 단 한 번도 며느리에게 부담을 준 적이 없다.

어머님은 뭐가 그리도 미안하실까?

어머님은 내게 "해준 게 없어서 미안하다."는 말만 되풀이 했다.

결혼한지 20년이 지난 지금까지도 어머님은 며느리에게 '미안하다'는 말을 종종 하신다. 그런 어머님의 진심된 마음을 알기에 나는 어머님께 말한다.

"물질보다 더 큰 사랑을 받은 저는 복 받은 며느리예요."

사실 친구들을 만나면 비교하느라 바쁘긴 하다. 이번에 어머님이 백화점 데리고 가서 명품 가방 사줬다는 이야기를 시작으로 집 살 때 시댁에서 돈을 보태줬다는 이야기까지 다양하다.

출발점이 달랐던 친구들은 해외여행도 잘 다니고, 자신을 위해 피부 관리샵도 다니며 부유함을 과시했다. 반면 바닥부터 모아야 했던 우리는 늘 허리띠 졸라매고 아끼고 살아야 했다.

치킨 한 마리에 맥주 한 잔 값이 아까워 마트에서 세일할 때 치킨 너겟을 사오고 신랑이 저렴한 맥주를 공수해 온다. 해외여행은 엄두도 못 내고 피부 관리는 화장품 샘플로 몇 년을 버틴다. 나름 동안이라고 불렸던 나는 요즘은 친구들 사이에서 가장 늙은 아줌마가 되어버렸다. 피부과에서 보톡스를 맞고 피부관리를 받은 친구들과 나의 격차는 멀어졌다. 몇 백 만원씩 피부과에 투자한 사람과 내가 똑같을 순 없으니 나는 인정한다.

쭈글쭈글한 얼굴 주름살을 보면서 나 역시 '보톡스 한번 맞아 볼까?'라는 생각이 들기도 하지만 내심 마음을 접는다. 피부과에 가는 순간 돈이라는 걸 알기 때문이다.

힘든 지난날을 되돌아보면 남들처럼 외식도 하지 못하고, 여행도 자유롭게 다니지 못하고, 사고 싶은 것도 살 수가 없었다. 절약이 몸에 배었다. 밑바닥부터 차근차근 모아야 했기에 자연스레 절약은 습관이 되어버렸다. 커피는 믹스커피를 텀블러에 타서 가지고 다녔고, 집에서 입는 잠옷은 10년 이상씩 입었고, 속옷은 찢어지지 않는 이상 입었다.

미용실 갈 돈이 아까워 머리는 늘 똥머리로 하고 다녔고, 운동화 한 켤레로 몇 년을 신었다. 그런 모습을 옆에서 본 시어머니는 자신이 해준 게 없어서 그렇다며 늘 미안한 마음을 전했다.

친구들 모임 날, 명품백에 명품 귀걸이에 명품 티셔츠를 입고 온 친구들과 달리 나는 핸드폰을 손에 쥐고 가장 편한 티를 입고 똥머리를 높이 묶고 나갔다. 자랑거리가 많은 친구들의 이야기는 끝이 나지 않았다. 시댁의 돈 자랑, 아이 공부 자랑, 신랑의 경제력 자랑으로 시간가는 줄 몰랐다. 반면 나는 시어머니 자랑을 했다.

"우리 어머님은 늘 나를 편하게 해줘." "없는 살림에 시집 와서 고맙다고 나를 아껴줘."

"어머님은 나를 딸처럼 생각해."

이런 나의 자랑에 친구들은 나를 이상하게 쳐다본다.

"너 지금 제정신이야?"

"시어머니가 뭐가 편해?"

"시댁 가는 게 어떻게 좋을 수가 있어?"

이해 안 간다는 표정을 지어 보인다.

한 친구는 자신의 시어머니는 집 살 때 돈 보태줬으니깐 일주일에 한 번씩은 시댁에 와서 눈도장을 찍으라고 했단다. 괜히 돈 받았다며 불만을 토로하기도 했다.

나는 웃으며 말했다.

"우리 어머님은 늘 나를 배려해주셔. 바쁘면 안와도 된대. 피곤하니깐 쉬라고 하시네. 늘 며느리를 배려하는 어머님 덕분에 마음이 편해. 늘 미안하다고 이야기 하는 우리 어머님이야."

예쁜 원피스를 보면 우리 며느리 주려고 산다는 시어머니, 친구들과 커피를 마시면서도 예쁜 며느리 주고 싶다며 텀블러를 산다. 해준 게 없어서 미안하다는 시어머니에게 나는 말한다.

"어머니 해 준 게 왜 없어요? 따뜻한 말과 따뜻한 눈빛, 따뜻한 사랑을 주셨는데요."

오늘도 어머님은 나에게 말했다.

"인생, 힘들어도 오르막이 있으면 내리막도 있는 법이다. 힘내렴."

어머님의 한마디로 나는 물질적인 것 이상으로 더 큰 선물을 받았다.

'미안하다 미안해.' 라는 어머님의 말에 나는 '감사합니다. 어머님.'이라고 답했다.

같은 여자로서 시어머니의 삶

어머님은 19세에 우리 신랑인 큰 아들을 낳았다. 젊은 나이에 결혼한 어머님의 결혼 생활은 쉽지 않았다.

가끔 어머니는 소주 한잔을 기울이며 과거 자신의 삶에 대한 추억을 하나 둘씩 꺼낸다. 좁은 단칸방에서 시부모님 모시고 살면서 아이들을 키우고 슈퍼마켓까지 운영했단다.

제 시각에 세끼 식사를 차려서 시부모님 밥상을 대접하고 가게 일을 하면서 아이들 육아까지 오롯이 혼자서 다 했다며 말없이 소주를 따른다. 자신의 신랑은 한량이라 늘 밖으로 돌아다녔고, 돈벌이도 되지 않는 장사를 하며 늘어나는 빚만 쌓여갔단다.

잠이 부족하여 늘 쪽잠을 자며 슈퍼마켓을 운영했고, 시부모님이 돌아가실 때까지 모셨고, 아이들에게는 좋은 엄마가 되기 위해서 힘든 내색 한번 못했단다.

너무 힘들 때면 친정 엄마를 찾아가 친정엄마에게 하소연을 해보기도 했고, 엄마의 손을 한번 잡고 오기도 했단다. 친정 엄마의 살림도 넉넉지 않았기에 도움을 줄 수 없는 자신의 엄마는 딸의 손을 잡으며 눈물만 흘렸단다.

시어머님의 삶을 보면서 같은 여자로서 고단함을 엿볼 수 있었다.

소주 한 잔을 넘기는 어머니의 깊은 목주름을 보며 어머님의 지난 삶의 힘겨움이 묻어났다.

행복한 결혼 생활일 줄 알았는데 고생의 문턱에 들어서는 길이었고, 육아를 하면서는 강한 엄마가 되기 위해 이 악물고 견뎌야 했고, 시부모님을 모시면서 싫은 내색을 감춰야 하는 여자로서의 고된 삶이 상상이 되었다.

나 역시 아이 셋을 키우면서 뜬눈으로 밤을 지새우며 별을 세었다. 엄마의 삶이 쉽지 않았다.

어릴 적에는 엄마의 손길이 많이 필요했고, 나의 커리어를 버리면서 까지 아이들을 돌봐야 했다. 커서는 사춘기로 힘든 시간을 보내며, 말없이 지내는 아이들을 지켜만 봐야 했다.

나를 낳아준 부모님에게 걱정 끼쳐 드리지 않기 위해 간호사라는 안정적인 직업을 선택해서 묵묵히 일했다. 내 밥벌이는 내가 해야 했기에 선택의 여지가 없었다. 취업이 잘된다는 이유로 나는 적성에 맞지도 않는 간호사가 되었다.

20년 동안 직장을 다니며 이 악물고 견뎠다.

이제는 세월이 흘러 연로하시고 편찮으신 부모님을 보면 가슴이 아프다.

또한 좋은 아내가 되기 위해 신랑 아침밥은 직접 준비했다. 나는 굶더라도 '우리집 가장은 굶기지 않으리라.'는 다짐을 했다. 큰 며느리로서 명절날 시어머니와 함께 음식 장만을 했고, 시간이 되면 어머님과 식사도 함께 했다. 완벽하지는 않더라도 여자로서, 엄마로서, 아내로서, 며느리로서, 직장인으로서 나는 1인 다역을 했다. 긴 한숨을 쉬며 믹스커피 한 잔으로 외로움과 힘듦을 달래보기도 했다.

시어머니는 이혼 후, 힘든 시간을 보냈다. IMF가 터지면서 파산을 하게 되었고, 집안은 풍비박산이 되어 뿔뿔이 흩어졌다.

당시 군부대에 있었던 신랑은 휴가 날, 자신의 집을 찾아 갔는데 다른 사람이 살고 있어서 깜짝 놀랐다며 그때의 아픔을 회상했다.

경매로 넘어간 집과 빚은 그 당시 시어머니의 삶을 고스란히 보여 줬다.

살고 싶은 마음이 없어서 이모집에서 누워만 있었다는 시어머니는 아들 둘을 보며 이 악물고 다시 일어났다고 한다. 아들 둘 얼굴이 떠올라서 이대로 죽을 순 없다는 생각이 들었단다.

그 후, 시어머니는 식당, 청소 등 닥치는 대로 일을 했다. 조그마한 방 한 칸을 마련하는 날, 자신 스스로가 대견했다고 말한다.

약 먹고 죽을 각오까지 했던 시어머니는 인생의 오르막이 있으면 내리막도 있는 법이라는 교훈을 얻었단다.

지금까지도 시어머니는 쉬지 않고 닥치는 대로 일을 하고 있다. 하루는 식당 설거지 알바를 가는데, 다른 일행이 먼저 와서 일자리를 차지하는 바람에 시어머니는 어쩔 수 없이 집으로 돌아왔다며 하루의 알바비가 날아갔다고 했다. 아쉬움에 큰 며느리에게 전화해서 하소연을 하면서도 이왕 이렇게 됐으니 운동이라도 열심히 해야겠다며 자신의 건강을 챙겼다. 어떤 상황에서도 긍정적으로 생각하는 시어머니를 보면서 존경심이 들었다.

힘든 자신의 삶을 늘 긍정적으로 헤쳐 나가는 시어머니를 보면서 나는 많은 걸 배운다.

나는 과거 한때 불만 불평이 많았다. 누구 하나 도와주는 사람

없고, 누구 하나 나의 힘든 상황을 이해해주는 사람 없어서 두통과 우울증으로 하루하루를 살았다.

그때 시어머니를 보면서 삶을 누군가에게 기대하거나 불만불평한다고 달라지는 건 없다는 걸 깨달았다. 인생에서 자신을 돌봐야 할 사람은 바로 자신이며 자신을 사랑해야 할 사람도 자신이다.

시어머니는 늘 나에게 말한다. 신랑이랑 아이들만 챙기지 말고 '너 밥 먼저 챙겨먹어라'.

엄마가 안 아파야 다른 가족들도 챙긴다. '네가 행복해야 가족이 평안하다'.

함께 밥을 먹으면서도 늘 나에게 많이 먹으라며 챙겨주신다. 같은 여자로서 시어머니를 보면서 나는 인생을 배웠다. 울고 싶을 때면 울어라. 대신 울고 나서는 털고 씩씩하게 일어나라.

"밥 많이 먹고 힘내라."

"굶지 말어라."

어머님은 나에게 늘 긍정 에너지를 심어주신다.

경제적으로 도움은 주지 못하지만 정신적인 긍정 에너지는 그 누구보다 많이 넣어준다.

"인생, 쉽지 않다." 하지만 좋은 날도 온다.

오늘도 시어머니의 따뜻한 말 한마디를 선물 받았다.

시어머니랑 일주일에 2-3번 통화를 해?

"또 시어머니랑 통화를 해?"

주위에 아는 사람들은 다 안다. 무슨 할 말이 그리 많으냐며 이해 안 되는 표정들이다.

처음에는 나 역시 시어머니와 통화가 어색했다. 안부인사 정도 일주일에 한번 겨우 했다.

결혼 10년 차가 넘어가면서 부터는 어머님도 나도 서로 편한 사이가 되었다. 사소한 고민부터 남들에게 털어놓지 못한 고민까지 한번 통화하면 1시간씩 한다. 오죽하면 남편은 옆에서 이해 안 된다는 표정을 짓는다.

시어머니와 '사소한 이야기', '쓸데없는 이야기'까지 다 한다. 가스레인지에 올라놓은 냄비가 타는 줄도 모르고 수다 삼매경에 빠져서 뒤늦게 시커멓게 탄 음식을 보고 멘붕이 오기도 했다. 어머님의 대화는 주로 친구관계부터 인생이야기 까지 다양하다.

'친한 친구한테 배신당했다'는 이야기를 시작으로 '사람에게 기대하지 말아라'. '믿을 사람 없다'며 며느리인 나에게 신신당부한다.

나 역시 직장에서 왕따 당한 일부터 신랑 이야기까지 할 얘기가 다양하다. 원래 여자 집단들이 시기심이 많다며 말 많은 여자 집단에 대한 조언도 아낌없이 해준다. 말조심 하자며 서로에게 신신당부한다. 차마 친구들에게 말하지 못하는 이야기를 시어머니한테 털어놓는다. 서로 조언도 해주고 함께 인생이야기를 하면서 힘든 상황을 지혜롭게 마무리 짓는다. 다들 이해가 안 되겠지만 어머님과 일주일에 2번 이상은 전화하며 수다를 떤다. 물론 바쁠 때는 주말에 전화해서 못다 한 이야기를 다 한다.

시어머니는 때론 아들 욕도 함께 해주며 앞뒤가 꽉 막힌 신랑에게 융통성 없다고 말하기도 한다. 외식한번 하자고 했더니 집밥만 고집하는 남편을 보며 답답한 남편이랑 사느라 힘들지? 라며 웃는다.

융통성 없는 아들 욕을 하며 밥 한 끼 차리는 게 얼마나 힘든데? 라며 며느리 편을 든다. 한번씩 남편 흉을 보다가도 지나치게 어머님이 내 편을 들면 나는 금세 남편 좋은점을 이야기 한다.

사실 어머님의 마음을 나는 다 알고 있다. 아들 욕을 하고 싶은 엄마가 어디 있을까? 시어머니는 며느리 힘들까봐 말 한마디라도 내 편을 든다는 걸 잘 안다.

현명한 시어머니 덕에 오늘도 속이 후련하다. 어젯밤 야식으로 '치킨 한 마리 시켜먹자'고 했더니 신랑은 집에 있는 치킨텐더를 에어 프라이에 돌려먹자며 내 일거리를 만들었다.

설거지 거리를 한 가득으로 만든 신랑이 때론 밉다. 늘 이런 식이라서 답답하기도 하지만 식비 절약을 위한 길이라는 걸 잘 안다.

이렇게 아끼지 않으면 우리의 생활비는 턱없이 부족하다. 한번 외식할 때마다 아이 셋 먹는 비용만 대략 10만 원이 된다. 한 달에 2-3번만 외식해도 30만 원 이상이 훅 나가버린다.

집에서 먹으면 식비로 30만 원 이상이 절약된다. 섭섭할 때도 있지만 신랑의 깊은 속뜻을 알기에 나는 한숨을 쉬며 밥을 차린 적이 많다.

시어머니 역시 아들에게 앞뒤 꽉 막혔다며 며느리 편을 들지만, 우리의 형편을 알기에 남편을 이해하라며 나를 다독인다.

달걀후라이 하나 겨우 할 줄 알고 시집왔던 나는 지금은 감자탕에 사골국까지 직접 집에서 끓인다. 감자탕집 차릴 정도의 맛을 유지할수 있었던건 신랑이 집밥을 너무 좋아한 탓도 있다.

시어머니는 늘 나에게 "미안하다."고 말한다.

육아하고 워킹맘으로 일하면서도 나는 아침에 남편이 굶지 않도록 한솥 국을 끓여놓고 달걀 장조림을 미리 해놓는다. 아침을 먹어야 든든하게 하루를 버틸수 있다는걸 알기 때문이다.

요즘 신랑이 반찬 투정을 시작했다. 달걀 장조림 좀 그만 해놓으라며 다른 반찬이 먹고 싶단다. 복에 겨운 소리 그만 하라며 소리를 질렀지만, 사실 질릴 만도 하다. 달걀 장조림 대신 돼지고기 장조림으로 메뉴를 바꿨다.

시어머니는 그런 나를 보며 늘 "고맙다." "고생한다."고 말한다. 결혼 초 시어머님은 한번씩 "아범, 먹이라."며 닭 한 마리를 사주기도 했다. 그런 나는 시어머니에게 섭섭함을 느꼈다.

아범만 먹으라는 건가? 땀을 뻘뻘 흘리며 닭을 삶아서 신랑에게 주면서도 섭섭함을 드러냈다. 혼자 다 먹으라며 나와 아이들은 입도 대지 않았다.

시간이 흘러 시어머니와 많은 이야기를 하면서 그때의 오해를 풀 수 있었다. 어머님은 혹시 당신이 섭섭하게 한 게 있으면 말해

달라고 한다.

사실 오해가 쌓이면 안 된다는 게 어머님의 생각이다. 그런 어머님에게 섭섭했던 걸 이야기 하면 어머님은 나에게 "미안하다."고 말한다.

어머님 역시 며느리에게 섭섭한 일이 있으면 솔직하게 이야기한다. 어머님과 나는 쿨하게 인정하고 사과한다.

시간이 흘러 단짝같은 시어머니와 며느리가 되었다. 아들이 최고인 줄 알면서도 시어머니는 현명하게 며느리 편을 들고, 아들이 밥을 굶지 않았으면 하는 마음을 며느리에게 잘 전달한다. 그런 시어머니를 잘 알기에 나는 어머님을 존경한다.

현명한 시어머니의 사랑을 느낀다. 오늘도 잠들기전 시어머니의 목소리를 들어야 겠다.

신랑 욕 할 한가지가 생겼다. 어제 장보고 신호등이 초록불로 바뀌자 마자 혼자 뛰어 가버렸다.

우두커니 서있는 나는 어이 없어서 신랑에게 한마디 했다.

'나를 버리고 가'?

웃음으로 마무리 했지만 시어머니와 수다 한판 할 게 생겨서 좋다.

친정보다 편한 시댁

명절때만 되면 싸운다는 지인은 시댁에서는 2일을 자고 친정은 오후 늦게 가서 저녁만 먹고 온다며 속상함을 토로했다.

불편한 시댁에서 2일 동안 명절 음식하고 설거지 하고 나면 온 몸이 아프고 짜증이 물밀 듯이 밀려온단다.

평소 남편은 아내에게 "너만 고생하나" 며느리 역할이 원래 그렇다. 이런 말들을 서슴없이 내뱉어 아내를 속상하게 만들었다.

그런 아내의 심정을 아는지 모르는지 남편은 시댁만 가면 누워서 잠만 자던지 친구들 만나 밤늦게 들어온단다.

다음 날 만취해서 돌아온 신랑을 보면 '이혼'이라는 단어밖에 떠오르지 않는다고 한다.

친정에 갈 생각도 없는 철없는 신랑 때문에 명절만 되면 부부 싸움으로 이어지는 지인은 명절날 혼자 사라졌으면 한단다. 반대로 나는 명절 때만 되면 시댁에서 자고 오자고 말한다. 아이들과 신랑은 잠은 집에서 자야 한다며 반대한다.

명절 때마다 부산 시댁까지 4-5시간 걸릴때는 시댁에서 자고 왔지만, 현재 부산으로 이사 온 우리는 1시간 거리이기 때문에 시댁에서 자야 할 이유가 없다.

나는 신랑에게 시어머니가 섭섭해 한다며 하룻 밤이라도 시댁에서 자고 가자고 조르지만, 신랑은 자기 집이 아니면 잠이 안 온다며 집에 가서 잔다고 한다. 이런 나를 주위에서 보면 "돌아이"라고 말하지만 그정도로 나는 시댁이 편하다.

어머니는 가족 행사나 명절때마다 말로는 '같이 음식 장만 하자'라고 해놓고선 손이 많이 가는 음식들은 거의 다 해놓는다. 며느리 고생할까봐 혼자서 미리 해놓는다. 말로는 같이 하자고 하고선 막상 가보면 전도 거의 다 부쳐 놓는다.

땀 범벅이 된 시어머니는 무조건 앉아서 먹으라며 부엌에도 못 들어오게 한다. 그런 나는 결혼초에는 쭈뼛쭈뼛 부엌을 서성거렸지만, 지금은 열심히 먹는다.

어머님은 며느리 좋아하는 더덕 무침부터 갈비, 동그랑땡까지 내 앞에 가져다 놓는다. 신랑은 아이들 챙겨 주느라 정신 없이 바쁘지만, 어머님은 '며느리가 잘먹어야 한다'며 내 앞에 반찬 놓기 바쁘다. 식사 시간에 되면 나는 시어머니 밥을 고봉으로 담아서 제일 먼저 상에 갖다 놓는다. 고생한 어머님이 많이 드시도록 꾹꾹 눌러 담는다. 부엌에서 하루 종일 고생했을 어머님을 위한 '며느리의 사랑'이다.

어머님는 '먼저 먹어라.'며 설거지 가득한 싱크대 앞에 있지만, 나는 억지로 어머님의 고무장갑을 벗기고 상 가운데에 고봉 밥을 어머님 앞에 놓는다.

식사 후 설거지를 하기 위해 나는 얼른 싱크대 앞으로 간다. 하루종일 고생한 시어머니를 위해 설거지라도 해야 마음이 편하다. 옆에서 도와주겠다는 어머님의 손길을 뿌리치고 많은 양의 설거지를 혼자서 즐겁게 한다. 음식 만드느라 고생한 어머님의 정성을 알기에 나는 늘 감사하다.

사실 친정에 가는 것도 좋지만, 몸이 아프신 부모님은 우리가 가면 아픈 몸을 이끌고 이것저것 반찬하는걸 알기에 마음이 아프다.

건강하지 못한 몸으로 행여나 더 아프지 않을까 걱정이 되기 때문이다. 구부정한 허리와 느릿한 걸음걸이, 침침한 눈과 연약한 다리는 누가 봐도 서 있는 것 조차 힘겨운 모습이다.

그런 부모님은 멀리 있는 딸과 사위가 왔다고 이것저것 한상 차려 놓는다. 다른 사람은 '뚝딱' 할 일도 노인들은 몇배의 시간이 걸린다. 새벽 3시부터 일어나서 했단다. 이런 나는 마음이 찢어질 듯 아프다.

우리가 돌아간 후 앓아 누웠다는 부모님의 이야기를 들으면서 나는 친정에 가도 부모님이 아플까봐 늘 걱정이다. 보고 싶은 마음도 크지만, 그것 보다 앓아 누울까봐 걱정되는 마음이 더 크기 때문이다.

최근, 아버지는 요양병원에 입원하셔서 이제는 병원으로 방문해야 한다. 아버지에게 가지고 갈 김치와 마늘쫑, 파김치를 담고 홍시를 담으며 눈물이 났다. 이제는 반대로 내가 부모님에게 김치를 담궈서 가져다 줘야 한다. 한평생 가족을 위해 고생하신 아버지는 이제는 정상적인 생활이 어렵다.

병원에 들어선 순간 쾌쾌한 냄새와 병실의 좁은 공간에 위치한 침대 위에 비쩍 마른 노인을 보는 순간 눈물이 왈칵 쏟아진다.

친정만 생각하면 마음이 아프다. 남들은 "친정은 사랑이에요". 엄마가 고생한 딸 먹으라며 이렇게 반찬해줬어요."라며 사진을 올리고 자랑을 서슴없이 한다.

반대로 나는 "친정은 아픔이다." 어릴 적부터 병원 생활에 익숙한 우리 가족은 늘 뿔뿔히 흩어져 있어야 했다. 그런 나의 사정을 알기에 시어머니는 건강이 최고라고 말한다. 자기관리를 잘하신 시어머니는 아직은 허리도 꼿꼿하고, 다리도 튼튼하다.

하루에 2시간씩 걷기 운동을 한 덕분인지 시어머니는 걷는 운동의 효과를 나에게 늘 이야기 한다. 늘 웃으며 긍정적인 생각으로 사는 시어머니는 나에게 집밥이 그리우면 언제든지 오라고 말한다.

신랑은 시어머니 힘들까봐 '밖에서 사먹자'고 하지만 사실 나는 시어머니의 집밥이 그리울 때가 많다. 식당에서 결코 느낄수 없는 따뜻한 밥 한끼는 힘든 나를 살게 만든다.

어릴 적 시골에서 먹었던 집밥을 요즘 시댁에서 종종 먹는다. 이번 주말에는 시어머니표 닭도리탕과 도라지 나물을 먹으로 출동하려고 한다.

어머님께 전화해서 말하면 바로 '오케이' 라고 대답한다.시어머니의 정성이 담긴 집밥을 먹으며 그리움을 달래려고 한다.

친정보다 편한 시댁에 있어서 나는 늘 감사하다.

비움과 채움을 알려주는 시어머니

어릴 적 사랑을 받지 못한 탓인지, 애정결핍인지 나는 늘 남의 시선이 두려웠다. 학창시절에는 선생님 눈밖에 나지 않기 위해 노력했고, 집에서는 착한 막내딸로 살아야 했고, 친구들 사이에서는 그들의 비위를 맞추기 위해 노력했고, 직장에서는 상사의 눈치밥을 먹고 살았다. 그런 탓에 늘 피곤함과 무기력함이 나를 괴롭혔고, 인생의 재미라곤 찾아 볼 수 없었다.

어딜 가나 아웃사이더에 서 있었고, 내 목소리를 내고 싶어도 왕따 당할까봐 무서웠다.

완벽할 수 없는 인간이지만 완벽하려고 노력했다. 자연스레 낮은 자존감과 무기력은 일상이 되어버렸다. 퇴근 후에도 늘 직장이 신경쓰였고, 타인의 시선을 의식하며 살다보니 인생의 모든 고민과 불안감을 안고 살았다.

그런 나를 보며 시어머니는 늘 말했다. '완벽해지지 말아라'. '실수해도 괜찮다'.'남의 눈치 보지 말고 당당하게 살아라'. '우리 며느리가 최고다'. 늘 뒤에서 지지해주었다.

'모두에게 사랑받을 수는 없다'. '나와 맞지 않는 사람도 있다'. '실수 해도 괜찮다'고 말했다.

'사람은 비워야 할때는 비워야 하는 법이란다'. '사람에게 기대하지도 말고, 사랑받으려고 하지도 말라'. '자신을 가장 아껴줘야 할 사람은 바로 자신이다'.

힘들 때마다 어머님은 늘 나에게 용기 있는 말을 했다. 불안한 며느리와 불면증으로 고생한 며느리에게 어머님이 할 수 있는 일은 전화로 용기를 북돋는 일이었다.

'직장이 힘들면 그만 둬라.'

'잠시 쉬었다 가도 괜찮다.'

'돈이라는 것은 있다가도 없고, 없다가도 있단다.'

'굶어죽지 않는다.'

'자신의 마음이 편해야 주위 사람이 보인다.'

'잠시 여행도 다녀오고 커피숍도 다녀와라.'

어머님의 진심은 늘 나를 울렸다. 과거의 나는 이런 말을 들은 적이 없었다. 늘 잘해야 한다는 강박이 있었고, 남들에게 칭찬받기 위해 노력했다.

새벽 첫 차를 타고 출근하고 오버 타임을 하면서도 늘 웃었다. 그래야 되는 줄 알았다. 조직 생활에서는 가면을 써야 되는줄 알았다. 집에 와서는 늘 녹초가 되었고, 나의 감정은 들쑥날쑥했다. 우울감이 밀려와도 참았다. 그러다가 결혼 후 시어머니는 며느리인 나를 딸처럼 생각했다.

직장에서 힘든 일이 있으면 함께 욕해주며 때려 치우라고 했다. 엄마가 잘먹어야 아이들과 남편이 눈에 보이는 거라면서 나의 밥을 늘 챙겼다.

'인생 별거 아니야.'.라는 말을 하며 마음을 비우고 살라고 했다.

맞벌이로 새벽부터 출근하는 나에게 늘 고생많다며 등을 토닥거렸다. 세상에서 제일 예쁜 며느리라며 늘 나를 치켜세웠다. 그런 어머님의 깊은 속뜻을 알기에 나는 어머님을 보며 많은걸 배운다. '말 한마디가 천냥빛을 갚는다'는 속담처럼 나는 어머님의 말 한마디에 감동을 받고 웃는다.

자존감이 지하 100층까지 내려가는 날, 어머님은 우리 며느리는 못하는 것이 없다면서 사람들이 멍청해서 진주를 못 알아본다며 흥분하며 말했다. 며느리 기를 살려주기 위해 기꺼이 흥분까지 해가며 나를 칭찬했다. 과거의 나는 '괜찮아. 할 수 있어. 대단해.' 라는 말을 들어본 적 없이 앞만 보고 달렸다. 남의 칭찬을 들어도 더 열심히 하라는 채찍질로 생각했다.

아이 셋 육아를 하며 워킹맘으로 살면서도 나는 앞만 보고 달렸다. 불안감과 우울감을 견디면서 말이다. 그런 나에게 어머님은 늘 힘이 되어 주었다.

인생에서 버려야 할 것은 버리고 남길것은 남기는 지혜가 생겼다. 모든 사람에게 사랑받을 필요도 없고, 모두에게 잘 할 필요도 없다. 그냥 힘빼고 살려고 한다. 거절도 하고, 싫으면 싫다고 말도 한다. 뒤통수가 따가워도 나는 나를 잘 보듬으려고 한다.

내 마음은 내가 선택한다. 나는 소중하다. 이말을 내 뱉기까진 오랜 시간이 걸렸다.

나는 오늘도 비움과 채움을 통해 힘든 인생을 잘 이겨내고 있다. 시어머니의 말 한마디 덕분에 다시 일어설 힘이 생겼다.

어머님은 나에게 인생에서 "비움과 채움"에 대해 처음으로 알려 주셨다.

존경합니다. 당신을.

독신으로 살겠다던 나의 결심을 바꾸게 해준 한 남자는 어느날·나에게 고백했다. 부모님의 이혼과 가난한 가정 형편을 숨긴채 연애를 하다가 어느 날 장문의 편지를 받았다.

남편은 자신의 결핍을 말하는게 용기가 나지 않아 손편지로 썼다고 한다. 주위 친구들은 나에게 '맨땅에 헤딩하지 말라'며 결혼과 연애는 별개라고 설득했다.

결혼한 친구들은 신혼집 "전세 정도는 남자가 해와야 한다"며 나의 결혼을 반대했다. 사실, 나 역시 결핍이 많은 사람이라서 친구의 이런 위로의 말들이 와 닿지 않았다.

모아놓은 돈 한푼 없이 관사에서 시작해야 했지만, 우리는 15평 관사에서 아이셋을 키우며 현재는 40평대 아파트에 살고 있다. 악착같이 모으고 살았다. 그런 나를 보면서 시어머니는 없는 집에 시집와서 고생한다며 늘 나를 안쓰럽게 생각했다.

'미안하다'는 말만 되풀이 하는 시어머니는 나를 친딸처럼 생각한다. 설거지 하려고 하면 늘 앉아 있으라고 하고, 지나가다가 예쁜 악세사리가 보이면 며느리 준다고 포장해온다.

어머님은 '남들처럼 보태주지도 못한다'며 늘 미안함을 드러낸다. 어머님의 마음을 알기에 나는 늘 감사한 생각이 든다. 물론 물질적으로 많은걸 받으면 좋겠지만, 나는 어머님의 "삶의 지혜"를 선물로 받았다. 힘들게 워킹맘으로 일하고 육아를 하면서도 어머님은 나에게 좋은 말을 많이 해줬다.

'너무 힘들게 일하지 말고, 되는대로 살아라.'

'돈 버는 것도 중요하지만 건강 생각해라.'

자존감 낮았던 한때의 나는 시어머니 덕분에 나를 객관적으로 보며 자존감 높은 내가 되었다.

친한 지인은 시댁에서 30평대 아파트를 선물받았다. 그 지인은 물질적인 풍요로움이 넘쳤다.

시어머니는 백화점에서 소고기를 사와서 '함께 먹자'고 했고, 여행가서도 경비의 절반은 시댁에서 냈다. 다들 부러워 한다.

하지만 그 지인은 시어머니의 물질적인 풍요로움만 물려받았지, 정신적인 풍요로움은 물려받지 못했다. 시어머니의 생신날에는 상다리 부러지게 음식을 해야 했고, 시누이, 친척들 행사까지 쫓아 다녔다.

시어머니가 오라면 가야 하고 여행도 함께 다녀야 했다. 물질적으로는 풍요로웠지만 만성 스트레스로 두통을 달고 지냈다. 시댁만 생각하면 마음이 불편하다고 한다.

며느리가 힘들든 말든 시어머니는 늘 자신의 요구사항만 이야기 했다. 결혼 20년차가 되니 그런 소리도 듣기 싫다는 지인은 마음 편한게 제일이라고 말한다. 며느리가 아파도 시댁에 가야 하고, 직장에서 안좋은 일이 있어도 숨겨야 하고, 남편과 싸워도 시댁갈 때는 웃고 간다고 했다.

돈 많은 시어머니는 '내가 너한테 해준게 얼마인데'? 라며 섭섭할 때 마다 이런 말을 해대며 며느리의 가슴에 상처를 입혔다. 물질적으로 받은게 많아서 선뜻 대꾸하지 못하는 지인은 속앓이를 하면서도 시댁가서 함께 점심먹고 웃으며 어머님의 비위를 맞추고 온다고 했다. 돈에 대한 걱정은 없을지 몰라도 또 다른 시댁 스트레스로 정신과 방문을 고려하고 있다.

반면 나는 물질적인 풍요로움은 없지만, 정신적인 풍요로움은 물려받았다. 어머님은 늘 나에게 '괜찮다.' '신경쓰지 말어라.' '너 편할 때로 하라.'며 나를 배려해 준다.

섭섭함에 밥한끼 대접할려고 해도 '제일 싼 거 먹자'고 말한다. 며느리 힘들까봐 '시댁에 오라 가라' 는 말 자체를 한 적이 없다.

내가 아파 누우면 빨리 '병원 가라'고 재촉하고, 직장 일이 힘들 때면 '남의 돈 버는 게 원래 힘들다'며 위로해 준다.

남편과 싸우면 남편 욕을 하며 아내를 편하게 못해 준 남편을 혼낸다. 그런 시어머니 덕분에 나는 오늘도 힘을 낸다.

어머님의 깊은 생각을 나는 잘 안다. 자신의 아들에게 내가 더 잘하기 위해서 어머님은 더 큰 사랑을 나에게 베푼다. 자신의 아들보단 나를 챙겨주고, 나를 더 걱정해 준다.

요즘 갱년기로 힘들어 하는 나에게 어머님은 여자에게 콜라겐이 좋다며 한박스를 주셨다.

별 거 아니지만 어머님의 사소한 한마디와 사소한 정성이 나를 울렸다. 남편에게 갱년기에는 감정이 오락가락 하니깐 아내한테 잘하라며 신신당부까지 했다.

살면서 악착같이 살아온 나에게 어머님은 "삶의 여유와 지혜"를 알려주셨다.

물질적인 풍요로움은 물려받지 못했지만 정신적인 풍요로움으로 며느리에게 가장 큰 사랑을 베푸는 당신을 존경합니다.

삶을 가르쳐주신 당신

우울한 인생을 묵묵히 견디다 보면 밝은 날이 올 줄 알았다. 현실은 우울한 하루하루의 반복이었다.

시어머님은 그런 나에게 "생각하기 나름이다". 라는 삶의 철학을 알려주셨다. 1,000권의 독서를 하고 글쓰기를 했던 나 역시 "생각의 중요성"을 잘 알고 있다. 여기에 덧붙여 시어머니의 긍정적인 삶은 나에게 본보기가 되었다.

어머님과 한번씩 통화를 하거나 만나면 어머님은 늘 "긍정적인 생각의 중요성"을 말해 주었다.

'인생.. 다들 힘들단다'. 말 못 한 고민 한두 가지는 안고 산다. 그게 인생이야.'

'마음에 담아두면 하루도 못산다'.

'가볍게 생각하고 긍정적으로 생각해라'.

가볍게 사는 삶에 대해 몸소 알려주셨다.

'너무 깊게 생각하지 말고 되는 대로 살아라'.

어머님 역시 혼자서 이곳 저곳 돌아다니며 아르바이트를 하신다. 하루 벌어서 하루 먹고 사는 삶이다.

그런 어머니는 치아가 좋지 않아서 치과를 갔더니 200만 원 가량의 시술을 해야 한다고 한다. 수중에 돈은 없고, 고민이 됐지만 고민만 한다고 해결되지 않는다는 걸 알기에 잡념이 생길때마다 밖으로 돌아다녔다.

하루에 2군데씩 아르바이트를 하며 일을 더 많이 하고, 새벽에 잠이 안오면 운동도 더 했다. 이런 사실을 뒤늦게 알게 된 나는 어머님에게 죄송스러웠다. 말 한마디 하지 않고 혼자서 당신의 치료비를 벌기 위해 노력했다는 사실에 말이다.

어머님은 이혼 후 빚만 남겨진 상황에서도 죽고 싶은 마음이 컸지만 이악물고 일어서서 자신이 할 수 있는 일부터 차근차근 했다고 한다.

'오늘 하루 잘 살면 된다'.

'사람이 죽으라는 법은 없다.'면서 말이다.

그렇게 어머님은 '너무 애쓰며 살지 말라'고 말한다. 고민만 한다고 해결되지 않는 문제는 내 몫이 아니니 그냥 그러려니 하라고 말한다.

직장에서 나는 힘든 인간관계 문제도 어머님의 삶의 방식을 적용했다. 내 할 일만 책임감있게 잘 하려고 노력했고, 인간 관계를 깊게 생각하지 않았다. 잘보이려고 애쓰지 않고, 하루하루에 충실하게 살았다. 비울건 비우고 버릴건 버렸다.

나와 상관없는 사람들을 신경쓰며 에너지 소비하며 하루를 망치고 싶지 않았다. 돈이 없으면 없는대로 아껴쓰고, 울고 싶으면 울고 그냥 그렇게 살려고 한다. 전에는 고민이 있으면 잠못 이룰정도로 힘들었지만, 지금은 그냥 그러려니 하고 잔다. 고민한다고 해결되지 않는다는 걸 알기에 애써 힘들게 살지 않는다. 하나부터 열까지 걱정만 하고 사는걸 아는 어머님은 오늘도 나에게 말한다.

"인생 물 흐르듯 살어."

새벽마다 2시간씩 걷기 운동 하는 어머님은 자신의 건강을 제 1순위로 챙긴다. 비가 오는 날도 눈 오는 날도 걷기 운동을 매일 한다.

'자신을 가장 사랑해야 한다.'

시어머니는 혼자 계시지만 식사도 혼자 잘 차려서 드신다.

혼자서 루틴대로 살면서 긍정적인 생각으로 인생을 산다. 혼자서 대충 라면 끓여먹는 나와는 대조적이다. "엄마가 건강해야 주위 사람들이 보인다."

시어머니가 가장 강조하는 말이다.

"엄마가 행복해야 가족이 행복하다".

어머님은 평생 힘들어도 식사는 꼭 챙겨 드셨다고 한다. 밥힘의 중요성을 잘 알기에 자신의 손으로 된장국도 끓이고 배추전도 해서 드신다. 자신에게 가장 많은 시간과 에너지를 투자하는 어머님은 식사와 운동은 빠짐 없이 챙긴다. 일하러 가는 길도 즐겁다.

누군가에게 하찮은 일로 보일지라도 어머님은 '소중한 직장'이라는 표현을 한다. 그래서 인지 어머님은 주위 식당에서 오라는 곳이 많다. 늘 웃는 얼굴로 사람을 대하고, 먼저 고개 숙일 줄 알고, 베푸는 법을 알기에 어머님은 인기가 많다. 물론 힘든 일이라는 걸 잘 알지만 어머님은 늘 '괜찮다.괜찮아.' 라고 말한다.

자식에게 손벌리지 않고 자신이 알아서 살겠다고 하는 어머님은 오늘도 묵묵히 아르바이트를 하러 가신다. 더운 날 식당에서 설거지를 하고, 서빙을 하면서도 감사하단다. 그렇게 번 돈으로 손자 손녀들 용돈도 주신다. 인생 우울 하다고 울기만 해도 달라지지 않는다.

"그냥 애쓰지 말고 오늘 하루 충실하게 살아라."

이 말 한마디로 나는 인생을 배웠다.

삶에 대해 많은 걸 알려주신 시어머니 덕분에 나는 인생의 쓴맛을 느끼면서도 다시 일어설 에너지를 얻는다.

숱하게 넘어지고 무너지는 지난날, 시어머니의 말 한마디와 정신적인 삶의 지혜 덕분에 나는 아메리카노 한 잔과 책 한 권을 펼치며 오늘 하루가 행복한 지도 모르겠다.

Chapter. 5

홍반장

모두가 사랑이에요

전학 첫날의 그 햇살

초등학교 때 전학을 참 많이 다녔다. 아버지가 안정적으로 다니시던 회사를 그만두고 나서 새로운 일이 자리를 잡을 때까지 우리 부모님은 이사가 취미인가 싶을 정도로 대구시 전역의 이 동네 저 동네로 이사를 했다. 십 리 밖을 걸어 다닐 수도, 버스를 타고 다닐 수도 없게 어릴 때여서 우리 자매는 집 근처의 학교로 전학하는 것이 당연했다. 지금처럼 학군이 좋은 지역이라는 이유로 오래 머물 만큼의 경제적, 교육적 환경을 중시하던 시절이 아니어서 그랬거나 어른이 되고 나서 알게 된 우리 집의 형편상 자주 옮길 수밖에 없었겠다는 생각이 들지만 그것이 잦은 전학의 정확한 이유가 맞는지는 잘 모르겠다. 아무튼 친구들과 친해질 만하면 전학했으니 기억에 남는 친구도 많지 않고 초등학교 때 친구로 연락하고 지내는 친구는 겨우 한 명뿐이다. 그래서인지 초등학교 동창들끼리 한 동네에서 허물없이 지내며 함께 깊어가는 우정이 그렇게 부러울 수가 없다. 가을날 황금 들판 같은 우정은 사랑의 다른 이름이 틀림없다.

그렇게 지방에 살다가 아버지의 고향인 서울로 전학을 온 건 초등학교 5학년 때였는데 서울의 첫 학교에서는 아주 짧은 기간을 머무르다 6학년이 되면서 다시 또 다른 학교로 전학을 가게 되었다. 기억력이 좋은 편이라 더러 말 같지도 않은 기억을 지긋지긋하게 오래도록 간직한다며 핀잔을 듣거나, 불필요한 기억이라 잊고 싶은데 잊히지 않아 상처로 남은 일들이 수두룩하건만 유난히 서울 첫 학교에서의 기억만은 매우 단편적이다. 그래서 그런지 지방에서 전학해 온 나를 대하는 서울 친구들의 태도가 어땠는지 신기하게도 전혀 기억나지 않는다. 하지만 이미 대구에서 충분히 전학으로 잔뼈가 굵은지라 전학이라는 제도의 특성상 새 학교에서의 첫날엔 특이한 진상짓만 하지 않는다면 친구들의 관심을 받지 못하는 게 더 어렵다는 것을 너무 잘 알고 있었다. 요즘은 어떤지 잘 모르겠지만 나의 그때는 그랬다.

나로 말할 것 같으면 태평양급 오지랖에다 침묵형 답답함을 못 견디는 성격이거니와, 노력 없이도 풀로 장착된 사투리라는 친밀감 상승 아이템을 가지고 있었기에 친구들의 본능적 호기심 정도는 충분히 불러올 수 있는 아이였다. 서울말을 쓰는 아이들 틈에서 억양의 높낮이가 다른 사투리는 별것 아닌 단어로도 아이들의 웃음을 터지게 할 수 있는 유전과도 같았다.

쉬는 시간을 알리는 종이 치면 내 책상 앞으로 우르르 몰려온 아이들이 너 나 할 것없이 질문을 쏟아내며 저마다 자기소개에 충실한 시간을 보냈지만 사실 그건 교실에 들어선 첫 순간에는 예상하지 못했을 정도의 반응이었다. 너무 폭발적이어서 뭘 이 정도까지? 라는 생각에 살짝 당황했다.

처음 교실에 들어설 때까지만 해도 누가 누구인지, 그냥 사투리를 편히 써야 할지, 내 나름 서울말이라고 생각하는 표준 억양을 구사해야 할지, 그러다가 더 웃음거리가 되지는 않을지 미처 결정하지 못한 채 아이들에게 첫인사와 내 소개를 하려니 다리가 후들거리고 심장이 콩닥콩닥했다. 교탁 앞에서 선생님의 간단한 소개가 끝나고 아이들에게 첫인사를 건네는 순간이 왔다.

대구에서 전학해 온 지 얼마 되지 않았지만, 이 학교가 마음에 들고 너희를 만나 반갑기 시작했으니 잘 부탁한다는 짧은 인사를 하고 고개를 드는데 교실 맨 뒤쪽에서 뭔가 환한 광채가 빛나고 있는 것이 아닌가. 그것은 마치 9박 10일 동안의 회색빛 장마가 끝나고 기적적으로 얼굴을 내민 햇살과도 같았다. 그야말로 예수님 이후로 비현실적 미모를 가진 연예인들에게나 비친다는 그 후광인가 싶었다. 나중에 알게 된 그 아이의 이름은 현우였다. 이현우.

'헛, 저 녀석은 뭐지? 저토록 눈부시게 앉아 있는 모습이라니.'

정녕 초등학생에게서는 볼 수 없는 카리스마! 안경 너머로 보이는 똘똘한 눈망울! 희고 반듯한 이마와 단정한 입매!

첫인사를 하려고 콩닥대던 심장은 참새 콧김처럼 우스워지고 가슴은 이내 더 크게 쿵쾅대기 시작했다. 제법 진지한 수준으로 쿵쾅대던 심장소리였다.

첫눈에 많은 아이들 틈에서 그 아이만 보였다고 해서 그것을 사랑이라 말할 수는 없겠지만 내 마음은 그때 이미 정해진 것 같았다. 뭐가 정해졌다는 건지, 정해진 그 마음이 어떤 마음인지 정확하게 정의할 수 있을 정도로 성숙한 열세 살은 아니었으나 시선이 줄곧 그 아이를 따라다닌 걸 보면 그 비슷한 어디쯤의 관심은 확실했다.

내가 앉게 된 자리보다 더 뒤쪽 책상에 앉아 있는 그 아이를 굳이 수업 시간까지 흘깃거리진 않았으나 쉬는 시간이 되면 책상 앞으로 몰려든 아이들 틈 사이로 계속 바라보게 되는 것이 아무리 노력해도 시선이 내 맘대로 되질 않았다. 많은 아이들이 몰려와서 나의 사투리 때문에 까르르 까르르 웃고 있는데 녀석은 내 앞으로 오기는커녕 제 자리에서 꼼짝도 하지 않거나 더러 밖으로 나갔다 들어오곤 하는 것이 여간 시선을 사로잡는 게 아니었다. 나의 관심에 대한 상대방의 반응이 무관심이라면 그 무관심은 사람의 애를 태우는 강력한 무기가 된다는 것을 그 순간 습득해 버렸다.

3교시가 끝나고 4교시 체육 시간이 되었다. 남자아이들은 피구를, 여자아이들은 발야구를 한다는 선생님의 고지가 있었다. 그런데 나는 대구에서도 발야구해 본 적이 없었고 서울 와서 잠깐 머물렀던 지난 학교에서도 발야구해 본 적이 없어서 이제 생애 최초의 발야구 앞에 서게 되었다. 잘할 수 있을까? 룰을 전혀 알지 못하는데 금방 배울 수 있으려나. 괜한 긴장으로 온몸에 힘이 잔뜩 들어갔다.

운동장으로 나가 대열을 맞추기 시작할 때 반장이 다가오더니 발야구를 하려면 바람이 많이 들어있는 단단한 공이여야 한다며 공이 있는 체육실을 알려주면서 바람이 꺼지지 않은 걸로 잘 골라오라고 했다. 체육실로 달려가 이리저리 눌러보고 바닥에 튕겨보며 바람이 빵빵하게 잘 들어있는 공 하나를 골랐다. 그리고 운동장으로 돌아와 옆구리에 끼고 서 있는데 그때 누군가 공을 발로 차는 바람에 어찌나 세게 얼굴에 맞았는지…. 순간 너무 화가 나서 소리를 지르며 뒤를 돌아보니 현우가 그 자리에 서 있었다.

아니, 이 자식이 이쁘게 봤더니 말썽꾸러기였어?

전학 첫날부터 싸우자니 상큼 발랄한 내 이미지가 다소 추락할 것 같고, 제대로 익히지 못한 서툰 서울말로 화를 내는 건 어색하기 짝이 없을 것 같고, 그렇다고 사투리를 써가며 싸우자니 아이들의 웃음이 터지면 내 꼴만 우스워질 것 같아 망설여졌다. 아직 태오(태평양 오지랖) 짓을 하기 전이라 드라이한 목소리를 짐짓 꾸며가며 말했다.

"하마터면 다칠 뻔했잖아. 조심 좀 해줘." 라고 했더니 내 말투를 흉내 내며 "조심 좀 해줘." 하는 꼴이 여간 밉상이 아니었다.

저걸 확… 성질 같아선 한 대 쥐어박고 싶었지만, 전학 첫날이니만큼 한 템포 참아야 한다는 생각이 더 컸다. 속으로 심호흡을 한 번 하고 침착하게 "친구의 말투를 흉내 내는 건 좋지 않아. 그러지 않았으면 해." 라고 조용히 이를 꽉 깨물고 주의를 주었다.

이미 아까 정했던 마음 따위는 사라지고 있었다. 초등학교 6학년의 첫인상은 바람에 나는 겨와 같은 것일까, 그 아이 뒤로 환하게 빛나던 광채는 이미 소등되었고, 그나마 잿빛 하늘색으로 변하지 않은 것만으로도 나의 넘치는 아량이란 생각이 들었다.

녀석이 뒤에서 뭐라고 뭐라고 욕을 해댔다.

'그래. 어른들 말씀은 틀린 것이 없네. 사람 겉만 보고 어찌 알아?'

어린 나이에도 그런 생각을 하며 녀석을 향해 혀를 끌끌 찼다.

그때부터 나는 외모지상주의 성향을 고쳤어야 했다. 뭐 대단한 성공 성향이라고 길게 길게 못 고치고 이어오다가 반짝이는 남편의 외모에 눈이 멀어 결혼했으니, 지금까지도 이놈의 눈을 찔러 버리고 싶은 심정으로 살고 있는 것이 아니겠는가.

어쨌든 전학 첫날의 그 일로 현우와는 학기 내내 원수처럼 지냈다. 나도 현우가 곱지 않았지만 저는 내가 뭘 어쨌다고 계속 눈을 흘기거나 아래위로 훑어보는 등 혼자 난리가 이만저만이 아닌 것이 일사 후퇴는 내일 보자 했다.

마치 부모 죽인 원수를 외나무다리에서 만난 것처럼 한치도 비켜줄 의사가 없는 듯한 녀석의 곱지 않은 시선을 학기 내내 받으며 지냈다. 뭐 그렇다고 해서 그 아이의 불편한 시선이 나에게 큰 타격감을 준 것 같지는 않은데 그건 이미 그 아이를 제외한 많은 친구와 넉넉한 우정을 나누게 된 자신감 때문이었을 것이다.

외나무다리 위의 그러거나 말거나

2학기가 시작되고 중반이 지나갈 때쯤 담임 선생님은 우리들의 짝꿍을 독특한 방식으로 정하셨다. 우선 여자아이들을 먼저 앉게 하시고 그다음 남자아이들이 짝이 되고 싶은 여자아이 옆으로 가서 앉는 방식이었다. 그런 방식으로 짝을 정하는 것은 수십 년이 지난 지금도 흔하지 않은 일인데 그 옛날 이미 그런 방식을 도입해서 실행했다는 건 우리 선생님에게는 예능 프로그램 피디와 같은 기발한 아이디어가 넘치고 있었던 것 같다. 생각해 보면 요즘 TV 예능에나 나올 법한 신개념 커플 매칭 프로그램이 아닌가 말이지.

일단, 여자아이들이 자리를 잡고 앉았다. 이제 남자아이들이 앉아야 할 차례.

아이들 모두 수줍은 마음에 쭈뼛쭈뼛 어찌할 바를 모르고 있는데 현우는 선생님이 준비 땅!! 하는 순간에 얌체 같아서 내가 별로 좋아하지 않던 다희 옆으로 달려가 잽싸게 앉아버렸다. 남자아이 중에 첫 번째로 자리를 정하고 앉은 것이다.

저 녀석 다희를 좋아했구나. 그러거나 말거나지만, 내 알 바 아니지만, 그래도 그렇지.

참 가볍기도 하다. 체통 없이 빨리도 가 앉네! 쳇. 뭐가 그렇게 못마땅한지 내 속에서 비아냥이 떠날 줄을 몰랐다. 조금씩 뜸 들이다 망설이며 자리를 찾아가 앉기 시작하는 다른 남자아이들에 비해 현우는 튀어도 너무 튀었다. 똘망똘망해 보이던 현우의 눈동자는 다희를 향한 콩깍지가 씌어서 그런지 거무튀튀해 보이기까지 했다.

조금 시간이 흐른 후 내 옆엔 그동안 말도 한번 제대로 해 본 적 없는 명수라는 아이가 슬며시 와 앉아서 그 아이와 짝이 되었다. 그렇게 한 달간 생활하면 다시 짝이 바뀌는 버라이어티 예능 같은 짝꿍 정하기는 현우 & 다희 커플이 반 아이들의 주목을 받으며 일단락되었다.

짝이 된 명수와는 빨리 친해졌다.

명수는 키와 체구가 작고 까무잡잡한 피부에 유난히 눈이 새까맣고 맑아서 순진하고 착해 보이는 것이 귀여운 남동생 같았다. 우리는 웬만한 일은 서로 양보하고 도왔다.

주번 활동으로 함께 주전자에 물을 뜨러 가거나 급식 우유를 가지러 갈 때, 또 쉬는 시간에 칠판을 정리하는 일에도 서로 마음이 잘 맞았다. 현우도 다희와 마음이 잘 맞는 정도가 퍼즐의 마지막 조각까지 맞춘 완벽함처럼 보였다. 아주 둘이 신접살림이라도 차린 것처럼 어찌나 꽁냥꽁냥 해대는지 눈꼴 사나워 봐주기가 거북할 정도로 유난을 떨었다. 나만 그렇게 생각하는 건 아니었다. 절.대. 아니었다.

어쨌거나 둘은 누구의 눈치도 보지 않는 당당한 공식 커플 같았다. 그러거나 말거나.

그런데 참 이상한 건 현우와 나 사이에 서로를 미워할 만한 어떤 일이 없었음에도 불구하고 녀석은 여전히 지나다닐 때마다 곱지 않은 시선으로 째려보느라 여념이 없었다. 이제 다른 친구들까지 둘이 싸웠냐고 물어볼 정도로 못마땅한 티를 냈는데 그때마다 나는 저 녀석이 미쳤나 싶었다. 다희와는 그렇게 깨가 쏟아지는 열세 살 인생의 핑크빛 날이면서 나를 왜 그렇게 미워하는 건지 이해할 수 없는 녀석의 마음은 풀이가 난해한 수학 문제 같았다. 아귀가 딱 맞는 다희와 계속 깨나 볶으시지 뭘 그리 일부러 시간을 내가며 나를 미워하는 일에 그토록 열정을 다하는지 알다가도 모를 일이었다.

하지만 현우가 아무리 나를 못마땅히 여겨도 나는 현우가 죽도록 밉지는 않았다. 그쯤 되면 그 아이를 향해 나쁜 감정이 생기고도 남겠건만 현우의 시선이 대단한 불쾌감은 주지 않았다. 참으로 신기했다. 첫눈에 반해서 정했던 바로 그 마음 때문일까?

그 마음이 다 사라졌다고 생각했는데 아니었나? 그럼, 결국 이건 나 혼자만의 짝사랑인가?

현우의 따가운 시선을 받을 때마다 별의별 생각이 다 들었지만 그렇다고 해서 그런 생각이 외롭거나 쓸쓸하지도 않았다. 바라는 것이 없는 마음은 상대방이 알아주지 않아도 아프지 않은 법이니까. 그러면서도 마음이 이랬다저랬다…. 날마다 철학적 사고가 3.5춘기 언저리를 헤매는 날들이었다.

어쨌든 우리의 한 달이 그렇게 지나갔다. 내일이면 짝꿍이 바뀌는 날이다.

명수가 머뭇거리다 조심스럽게 물어보았다.

"홍반장아, 너는 내일 누구 옆에 앉을 거야?"

"글쎄…. 생각 안 해봤는데 왜?"

"저⋯. 그럼⋯. 그냥 나랑 앉을래? 내 옆으로 와서 앉으면 어때?"

"그러지 뭐. 그래 그럴게."

그건 뭐 1초도 망설일 이유가 없었다. 명수는 착하기도 했거니와 전혀 불편하지 않았고 이제 우린 서로 친하다는 표현을 망설임 없이 쓸 수 있는 친구가 되었기 때문이었다. 명수의 얼굴에 안도의 미소가 엷게 퍼지는 것을 보았다. 귀여운 녀석. 내 친구 명수.

우리는 서로 좋아하는 감정하고는 좀 다른, 동지애 같은 것이 있었다.

명수는 친구들하고 격한 우정을 나누는 친구는 아니었다. 씩씩하고 활발한 편도 아니었지만 조용하고 착한 명수가 여러 가지로 편하고 고마웠다. 시간이 흘러 친구들끼리 그때 이야기를 한 적이 있었는데 아이들 모두 내 옆에 아무도 앉지 않으면 어쩌나 전전긍긍의 마음이 있었다고 고백했다. 명수와 나에게도 그런 마음이 있었으리라. 짝이 없다는 것은, 혼자라는 허전함보다 선택받지 못한 것에 대한 책임없는 부끄러움인 것 같았다.

선택하거나 선택을 받아서 혼자가 아니어도 된다는 건, 생각해보면 사소하지 않은 감사였다. 선택하는 것의 용기와 선택받는 것의 기쁨은 적당한 포만감과 비슷한 감정이 아닐까 생각했다. 누구라도 옆에 앉지 않았다면 혼자서 보내는 한 달이 외롭지 않을까 걱정했다기보단 친구들의 시선에 상처를 받을 수 있는 어린 나이였기 때문에 짝이 있다는 건 제법 큰 다행에 속하는 사실이었다.

다시 짝을 바꾸는 그날이 왔다. 명수와 약속한 대로 망설이지 않고 명수 옆자리로 가서 앉았다. 생각보다 많은 아이들이 다시 같은 선택을 했다. 특별한 마음을 품고 있는 이성 친구가 있으면 몰라도 익숙한 것이 편하다는 생각 아니었을까? 아니면 새로운 선택에 대한 망설임과 부자연스러움 정도로 해석했다. 우리는 익숙하지 않은 것에 대해 선뜻 용기를 내기 어려운, 겨우 초등학교 6학년이었기 때문에.

그런데 큰일이 났다. 현우 옆에 다희가 앉지 않았다. 다희는 조용한 걸음인 듯 보였지만 사실은 대놓고 엄청나게 빠른 속도로 반장 우혁이의 옆자리로 달려가다시피 해서 앉아버렸다. 다희가 축지법을 쓰나 싶을 정도로 빠르게 도착해버린 우혁의 옆자리. 아마도 경쟁률이 가장 치열했을 우혁의 옆자리. 한 달 전 제자리를 빼앗긴 것처럼 억울해 보였던 다희의 축지법. 그렇게 다희가 많은 경쟁자를 물리치고 차지한 우혁의 옆자리.

다희의 축지법 때문에 우혁이의 옆자리로 향하던 몇몇 여자아이들의 우왕좌왕 방황하는 발걸음은 아쉬움을 가득 담은 채 그 통로를 쉽게 벗어나지 못하고, 가을 나뭇잎처럼 우수수 떨어지는 우혁이를 향한 을씨년스러운 여자아이들의 눈빛은, 다 긁어모으면 당장이라도 겨울을 불러올 만한 황량함 그 자체였다.

그런 상황에서 이미 자리를 정해 짝을 이룬 친구들은 현우의 표정에 시선이 집중되었다. 왜냐하면 현우와 다희가 한 달 동안 보통으로 깨를 볶았어야 말이지. 그 둘이 볶은 깨로 송편을 만들면 온 인류가 먹고도 열두 광주리가 남겠단 생각을 했는데 나만 그런 생각을 한 건 아니었는지 대다수의 아이는 다희 한번 현우 한번, 현우 한번 다희 한번 번갈아 가며 쳐다보았다. 그런데 이것 봐라? 정작 현우의 표정은 별스럽지 않아 보였다. 관심 없다는 듯한 현우의 무심한 표정을 보니 나의 전매특허 그러거나 말거나가 그리로 넘어간 건가 싶었다.

뭐냐 쟤네 둘? 사실 초등학생이 그 정도로 포커페이스가 가능할 만큼 감정 처리가 매끄럽진 못할 터인데 그때나 지금이나 내 생각 속의 현우는 전혀 아쉬움이 없어 보였다. 애써 아무렇지 않은 척하는 게 아니라 진짜 아무렇지 않아 보였다. 지나고 나서 생각해 보니 그렇게 믿고 싶은 나의 절대 심리였나 싶지만 어쨌든 현우는 지극히 평온해 보였다. 괜히 나 혼자만 다희를 향해 얄미운 마음이 치솟아 올랐고, 이유는 알 수 없었지만 그 마음은 마치 월급 받아 차곡차곡 불입해 나가는 곗돈처럼 복리로 불어나고 있었다.

'내 저럴 줄 알았어. 저 계집애 무슨 마음이 저따위야? 마음이 좋이냐? 현우랑 알콩달콩으로 눈꼴 사납게 할 땐 언제고. 얌체 같아 좋아하지 않았더니 감히 우리 현우를 버리다니…' 현우의 누나라도 된 것처럼, 여자 친구에게 버림당한 남동생을 보는 것처럼 애잔한 마음이 한가득이었다. 그 마음이 어찌 이리 정확하게 기억나는지 모르겠지만 다희를 향한 반감의 화분에 성실하게 물을 주며 기필코 싹을 틔우리란 다짐이 그 어떤 집념보다 강하게 불타올랐다. 아주 커다랗고 실한 과실이 주렁주렁 열리는 나무가 될 것 같았다. 그런 내 집념에 보답이라도 하듯 다희는 또다시 우혁이와 유난을 떨기 시작했다. 아무리 생각해도 다희의 외모가 뛰어나거나 공부를 잘하거나 노래를 잘하거나 뭔가 눈길을 끌 만한 게 없어 보이는데 다희는 줄곧 남자 친구들에게 인기가 많았다.

대체 이유가 뭐냐? 아니 비결이라고 해야 하나? 납득할 수 없는 사실 앞에서 어린 나이에 알아버린 진리가 있었으니, 그것은 남자와 여자의 이성을 보는 안목에는 대단히 큰 차이가 있다는 것이다. 학설로 증명할 수 없는 아이러니한 진리였다.

어쨌든 현우는 그래도 외모력이 있어서 그랬는지 두어 명의 여자 친구가 현우 옆을 서성대는가 싶더니 그중 먼저 용기를 낸 아이가 현우의 짝이 되었다.

무엇이 다행인지 모르겠지만 다행히 현우는 새 짝꿍과는 티 나게 꽁냥거리진 않은 모양이다. 심지어 현우의 새 짝꿍이 누구였는지도 기억나지 않는 걸 보면.

그 한 달이 지나고 다음 달이 되면 교실 앞과 뒤에 각각 여자아이들과 남자아이들을 따로 세운 후 선생님이 호루라기를 불면 달려가서 짝이 되고 싶은 친구와 손을 잡고 원하는 자리로 가서 먼저 앉으면 되는 새로운 짝꿍 정하기 방식이 또 우리를 긴장하게 할 것이었다. 매달 변화를 시도하신 우리 선생님은 왜 그러셨을까? 사랑과 관심을 가르치고 싶으셨던 걸까? 자유 선택을 가르치고 싶으셨던 걸까? 그것도 아니면 그저 지붕 밑에 누워 개암나무 열매나 깨물면서 도깨비들의 술잔치를 보는 기분이었을까? 뭘 가르치고 싶으셨던 건지, 그저 꼬맹이들 마음을 지켜보는 재미였는지 알 수 없지만 그렇게 또 한 달은 지나갔다.

명수와는 이제 남매처럼 편한 사이가 되어 앞자리에 앉은 두 친구와 함께 즐겁고 재미난 학교생활이었다. 우리끼리 얼마나 재미있었는지 조만간 교과서에라도 나올 듯한 에브리데이 우정 대잔치였다. 그런데 현우는 그 한 달 동안 우리 반에 있었는지 없었는지조차 모를 만큼 조용히 지냈는데 그렇다고 현우의 눈빛이 추억 속의 다희를 쫓고 있는 것 같지는 않았다. 나는 또 왜 그걸 가끔 관찰했나 모르겠네. 그렇다고 현우를 좋아했던 기억이 지배적이지도 않은데 말이다. 만약 현우를 좋아했었다면 그건 순전히 그 아이의 외모력만으로 좋아했다는 얘긴데 그런 걸로 결론해 버리기엔 나름의 자존심이 있었을 나의 어린 날을 굳이 변호해 주고 싶다.

그즈음부턴가? 정확히 기억나지 않지만, 그 한 달이 너무 조용했던 현우는 나를 향한 고까운 시선을 접어두기로 한 모양인지 더이상 흘겨보지 않았다. 그러거나 말거나.

이별을 먼저 배웁니다

그렇게 또 우리의 한 달이 지나갔다. 드디어 새로운 방식으로 짝이 정해지는 날!

명수와 나는 왜 그랬을까? 우리는 짝꿍을 정하는 것에 대해 어떤 이야기도 주고받지 않았다. 어쩌면 둘이 손을 마주 잡고 익숙한 우리의 자리로 가서 함께 또 한 달을 보내게 될 거로 생각한 게 아니었을까? 너무나 당연하게.

이제 여자아이들은 모두 교실 뒤편에 섰고 남자아이들은 모두 칠판 앞에 섰다. 선생님의 호루라기 소리가 들려왔다. 지금 같으면 칠판 앞으로 달려가 얄미운 다희가 보는 앞에서 우혁이의 손을 잡고 공부하기 딱 좋은 위치의 책상으로 가 냉큼 앉아버렸을 텐데 그때는 그러지 못했다. 심장이 벌렁댄 것 같기도 하고 얼굴이 벌겋게 달아오른 것 같기도 한 기억 속의 나는 심장의 뜨거운 온도가 온몸으로 퍼지는 것을 느끼며 어정쩡하게 서 있기만 했다. 다희를 약 올려 줄 생각도, 명수에게 달려갈 생각도 하지 못했고, 교실 바닥에 붙어버린 것처럼 이상하게 발이 떨어지지 않았다.

그 순간 누군가 뒤에서 옷자락을 당겼다. 분명 옷깃이 당겨졌는데 돌아보니 아무도 없었다.

아, 누군가 내게로 온 게 아니구나. 아무도 오지 않았구나. 누가 장난을 친 건가 싶었지만, 고개를 돌려 여기저기 기웃거려 확인해 보고 싶지 않았다. 그렇다고 누구에게 먼저 달려갈 용기는 더욱 없으면서 그 순간엔 명수도 떠 오르지 않았다. 어른이 된 나는 따로 애써야 할 필요 없이 늘 용기가 장착되어 있건만 자라면서 성향이 바뀐 걸까? 아니면 그날만 용기를 집에다 두고 학교엘 간 걸까?

하나둘 자리에 앉기 시작하는 아이들이 보였다. 그래 움직이자. 어쨌든 움직이자. 간신히 용기를 낸 바로 그때, 다시 옷깃이 당겨졌다. 그것도 양쪽에서 동시에. 왜 하필 오른쪽부터 돌아보았는가. 어쩌자고 그리했는가? 옷깃이 당겨진 오른쪽에 현우가 서 있었다. 왼쪽을 돌아보니 명수가 새까만 눈동자로 하얀 치아를 드러내며 나를 향해 웃고 있었다. 아주 잠깐, 아⋯. 어쩌지? 망설이고 있는데 현우가 눈을 흘기며 내 손을 꽉 잡았다. 그러고는 투덜거렸다.

"한번 당기면 와야지 어딜 봐 보기는."

아니, 이게 저한테 핀잔받을 일이야? 그럼 저는 왜 옷깃을 당겨 놓고 안 보이는 대로 숨은 거냐? 어이없는 마음이었으면서도 망설였다. 도대체 뭘 망설인 건지? 이토록 맥락 없는 녀석이란 걸 전학 첫날에 알아봤으면서.

그러나 그런 생각도 잠시, 어느새 현우의 손을 잡고 그 아이가 이끄는 자리로 가서 앉아 버렸다. 짝이 정해져 버린 것이다. 나는 돌아보지 않았다.

명수가 아직 거기에 서 있는지, 어떤 눈으로 바라보았는지, 아니면 아예 쳐다보지 않았는지…. 내가 절대 알지 못하게 고개를 돌리지 않았다. 그때 왜 그랬을까? 충분히 명수를 따라가 앉을 수도 있었는데 말이다.

더 어이없는 것은 짝꿍이 된 후로도 나와 현우는 서로 말을 주고받은 적이 거의 없었다. 나도 그 아이에게 건넬 말이 없었고 현우는 아예 내가 보이지 않는 것처럼 행동했다. 언젠가 현우 이야기를 친구들에게 했더니 분명 현우가 날 좋아했을 거라고 했지만, 아니 어쩌면 나조차 그런 착각을 할 수도 있었겠지만 나는 절대 그렇게 생각하지 않았다. 현우는 그렇게 생각할 어떤 여지도 주지 않았기 때문이다. 현우의 어떤 행동에서도 그 아이가 나를 좋아한다는 느낌 따위는 없었을 뿐만 아니라 우리가 짝꿍이었던 그 한 달 동안 기필코 홍반장을 투명 인간 취급해 주리라는 각오가 반듯한 이마 위에서 궁서체로 마음 심(心)자를 써 내려가고 있었다. 초등학생으로는 절대 쉽지 않은 그 결심을 해내고야 말았던 열세 살의 대단한 이현우였다.

현우와 나는 짝꿍끼리 뭔가 꼭 해야 하는 일이 생겼을 때만 필요한 단답형의 말을 간신히 주고받았을 뿐이었다.

저랑 방앗간 차릴 것을 기대하고 따라가 앉은 건 아니었지만 서로 말을 하지 않고 지내는 한 달은 감옥과 같은 시간이었다. 게다가 우린 어린아이였잖아. 겨우 열세 살이었는걸.

명수는 결국 남겨진 남자 친구와 짝이 되었는데 며칠간 서로 서먹하고 조금 불편했던 기억이 있다. 그 어린 날에 얻게 된 또 다른 교훈은 순간의 잘못된 선택이 적어도 한 달은 불편할 수 있다는 것이다.

그렇게 한 달이 지나가자, 겨울이 성큼성큼 우리 앞으로 다가오고 있었다.

우리는 학예회 준비로 분주해지기 시작했다.

아이들은 삼삼오오 짝을 지어 콩트며 노래 또는 율동(춤이라고 표현하기엔 너무 어렸던 우리의 동작들) 등을 준비하며 이전에 본 적 없던 열정을 학예회에 쏟아부었다.

학창 시절의 이런 행사는 결전의 날보다 준비하는 과정이 더 즐겁고 재미있는 추억이 된다는 걸 그땐 알지 못했지만, 그 추억의 놀라운 비밀을 알지 못했다고 해도 우리의 모든 시간은 충분히 즐거웠다. 친구들끼리 정작 연습은 얼마 못하면서 해가 지도록 웃다가 헤어지곤 했으니까.

나는 여자 친구 몇 명과는 율동을 준비하고 또 며칠간 서먹했던 명수와는 내가 각색한 콩트 〈선녀와 나무꾼〉을 준비했다. 우리에게 서먹했던 며칠이 왜 있었는지 이해가 안 될 만큼 지금 생각해도 우리의 호흡은 완벽했다. 그야말로 완벽한 균형의 선녀와 나무꾼이었다. 명수가 선녀를 맡고 내가 나무꾼을 맡았던 것은 신의 한 수로 기억될 연출이었다는 선생님의 칭찬이 우리를 더욱 으쓱하게 했다. 그렇게 뭐든 순서를 하나씩 맡아서 준비하는데 현우는 아무것도 하지 않고, 누구와 무엇을 함께 준비하려는 노력조차 보이지 않았다. 그저 매일 홀로 우리가 연습하는 것을 지켜보다 집으로 돌아갔다.

그러던 어느 날, 별다른 대화 없이 지낸 한 달간의 짝꿍이었지만 용기를 내어 현우에게 제안했다. 친구들과 함께 뭐라도 준비해 보지 않겠냐는, 거절당할 확률이 매우 높았던 제안을.

"넌 아무것도 안 할 거야? 명수랑 나랑 같이 한번 안 해볼 테야?"

"뭐 하러 그딴 걸 해 유치하게. 너나 쟤랑 실컷 잘해봐라."

이 녀석은 무슨…. 생각해 줘도 툴툴거리고…. 뭐가 그렇게 삐딱하냐?

그리고 뭘 잘해보라는 거야 저가 뭘 잘하라 말라 지정 질이야?

무안했다. 그러자 마음이 현우로부터 점점 멀어져 갔다. 겨우 열세 살짜리 꼬마가 뭐 그리 오래도록 타인을 이해하고 보듬어 줄 아량이 있었겠는가. 현우가 쌀쌀맞고 인정이 없어 보이나 실제로는 따뜻하고 다정한 사람을 이른다는 사전적 의미의 츤데레였다고 할지라도 그때는 츤데레를 이해하고 기다릴만한 성숙함까지 겸비한 홍반장이 못 되었다. 그 정도의 성숙함이 있었다면 공자, 맹자와 어깨를 나란히 할 이 시대의 진정한 현(現)자가 되었을 텐데 그때나 지금이나 나는 지극히 평범한 오직 여(現)자일 뿐이다.

학예회는 겨울 방학식 날 열렸다. 지금처럼 부모님들이 보러 오시거나 어떤 지원을 해주신 건 아니지만 우리끼리는 대단한 파티이고 페스티벌이었다. 교실을 아기자기하게 꾸미고 풍요롭진 않지만, 열심히 소품을 챙겨와서 우리들만의 꿈과 희망이 가득한 학예회가 시작되었다.

명수와 나. 그리고 다른 친구들 모두 열심히 준비한 만큼 서로에게 아낌없이 손뼉을 쳐주었다. 특히 명수와 나의 〈선녀와 나무꾼〉은 명수가 여장하고 등장하는 순간부터 열세 살 꼬마들의 교실을 포복절도의 바다로 만들기에 충분한 웃음 폭탄 장치였다.

선녀 역을 차고 넘치게 소화해 냈던 명수의 맑은 눈동자가 아직도 선명하다. 사실 충만한 여성스러움이 없는 나에 비해 어설픈 여장이었지만 명수는 이뻐도 너무 이뻤다. 우리는 서로 눈을 맞추며 연습 때 이미 예감한 우리의 히트작을 멋지게 끝냈다. 우레와 같은 박수를 받으면서 친구들을 웃게 했다는 뿌듯함에 유명 개그맨이 된 것처럼 기분이 짜릿했다.

그때부터 내 꿈이 개그 작가였는지도 모르겠다.

방학식을 끝내고 선생님께서 통지표와 방학 숙제와 방학 중 주의 사항이 적힌 유인물을 나누어 주셨다. 긴긴 겨울방학이 시작됨을 알리는 표시였다.

지금은 초등학생들의 방학이 그리 길지 않은 것으로 알고 있지만 그땐 겨울방학이 무척이나 길었다. 토요일까지 수업할 때여서 수업일수는 꽉 차고 난로를 때지 않으면 발가락이 얼 것처럼 추운 교실에서 연료마저 그다지 풍족하지 않았던 그 시절, 우리의 방학은 길 수밖에 없었다.

학예회로 어수선해진 교실엔 꽃가루며 소품들이 널려있어 뒷정리가 필요했다. 청소를 맡은 분단의 아이들과 몇몇 아이들이 더 남아서 교실을 정리하고 책상 줄까지 딱 맞추고 나니 현우는 집으로 돌아갔는지 보이지 않았다. 그래도 짝꿍인데 인사라도 하고 가지. 무슨 감정인지 모르겠지만 서운하고 허전했다. 그때 명수가 내 책상 안에서 조그만 수첩 크기의 일기장과 화단에서 꺾은 듯한 시들해진 국화 몇 송이를 꺼내 들었다.

"어, 뭐야?"

"네 거 아니야? 네 책상에 들어 있는데?"

"어? 아⋯. 응⋯. 내 거야. 내 거네⋯. 내 거 맞아."

명수에겐 그렇게 말했지만, 그 일기장과 꽃을 누가 내 책상에 뒀는지 알지 못했다.

내 것이긴 한가? 누가 나에게 주려고 둔 게 맞기나 한 건지 어찌 확신하고 내 것이라고 말해버렸는지 알 수 없었다. 혹시 현우가 아닐까 하고 잠시 생각했지만, 현우라고 한들 그 아이가 먼저 말하지 않는 이상 물어보기도 조심스러웠다. 현우가 한 학기 동안 보인 태도는 그렇게 깜찍하게 선물을 준비했다고 착각하기엔 그 어떤 상상력도 나에게 제공하지 않았던 무심하기 짝이 없는 태도였다. 게다가 묻고 싶어도 현우는 이미 가고 없어서 물어볼 수도 없었다.

미스터리 추리물처럼 궁금했지만, 현우는 이미 가버렸고, 의문만 가득한 물음표를 안고 명수와 함께 집으로 돌아왔다.

집으로 돌아오자마자 조그만 열쇠가 달린 일기장을 펼쳐보았다.

내지 첫 장에 [홍반장]이라고 쓰여 있었다. 홍 반장에게도 아니고, TO. 홍반장도 아니고, 홍반장아도 아니고, 그냥 딱 내 이름 석 자만 쓰여 있었다. 내 것이 맞긴 했다.

근데 이 글씨체가 현우의 글씨체이던가. 한 달간 나의 활동명은 〈현우의 짝〉이긴 했지만, 그 아이의 공책을 들여다본 적이 없고 현우가 어디에 사는지 나보다 공부를 잘하는지 못하는지 누구랑 친한지 절대 알지 못했다. 그렇게 현우에 대해선 아무것도 알지 못한 채 겨울방학이 깊어졌다.

시간이 지나니 궁금함도 옅어졌다. 의문의 일기장에 일기를 쓰기 시작했다. 내 오랜 습관의 시작이 바로 그 일기장이다. 그때부터 지금까지 40년이 넘도록 쓰고 있는 나의 일기.

지금도 가지고 있는 그 일기장의 첫 장에 내가 이렇게 써 놓았네. 너니?

끝날 것 같지 않던 긴 겨울이 지나고 봄바람과 함께 개학이 가까워지고 있었다. 개학하고 곧 다시 봄방학을 하게 되겠지만 현우에게 깜짝선물 쇼는 너의 이벤트였냐고 대놓고 물어보리라는 야심 찬 마음을 먹고 학교로 향했다. 방학이 길어도 방학이 끝나는 건 매년 아쉬웠다. 그러나 그해 개학은 궁금함과 설렘의 개학이었기 때문에 그다지 아쉽지 않았다. 꼭 학교에 가야 할 이유가 생겼기 때문이었다.

교실에 들어선 순간부터 현우를 기다렸다. 그런데 아무리 기다려도 현우는 오지 않았다.

설마 개학 날을 잊어버린 건 아니겠지? 아픈가? 왜 안 왔지? 잠시도 가만히 있질 못하고 교실과 복도를 들락날락하며 밖을 내다보았다. 이제 와 생각해 보니 군에 간 아들을 기다리는 엄마의 심정 같았다. 아니 그보다는 약했지만 어쨌든 반드시 와야 할 사람을 기다리는 바로 그 마음이었다.

종이 울리고 선생님이 들어오셔서 아이들에게 방학 동안의 소식을 물어보시면서 출석을 부르시기 위해 출석부를 펼치며 말씀하셨다.

"참, 방학 중에 우리 반 친구 둘이 전학 갔다. 현우와 정식이가 이사 가서 전학을 가게 됐다." 참으로 심플하고 짧은 전달 사항이었다.

뭐라고? 이렇게 전학을 갔다고? 그냥 이렇게?

전학 갈 걸 알고 있었을 거잖아. 근데 우리 반 친구 누구에게도 말을 안 하고 갔다는 거야? 이게 말이 돼 이게? 열세 살, 그날의 내 마음이 사실 정확하게 기억나진 않는다.

그저 뭘 잃어버린 것처럼···. 숙제를 다 해놓고 가지고 오지 않은 숙제장 때문에 벌을 서는 아이처럼 자꾸만 억울한 마음이 들었다. 현우가 전학 간 일에 내가 왜 억울했는지 모르겠지만.

시간이 지나면서 그날 그 순간, 가슴이 딱딱하게 굳어버린 것 같았다는 희미한 기억만 더해졌다.

긴긴 세월이 흘러 학업을 모두 마치고 충무로에 있는 회사에 취직했다.

어느 날 점심시간에 식사를 마치고 들어오는데 회사 동생이 옆구리를 툭 치면서

"언니, 저기 저 남자 좀 봐요."

"왜 누군데? 아는 사람이야?"

"아뇨. 그건 아닌데···. 엄청 잘 생겼어요."

"그래? 어디 가까이 가서 자세히 좀 볼까?"

"아뇨 언니, 그러지는 마세요. 제가 쳐다보다가 눈이 마주친 거 같아요. 너무 계속 쳐다봤나 봐요. 이상하게 생각할 수도 있으니까

티 안 나게 살짝 보세요."

불타오르는 사랑의 감정을 터놓은 것도 아니고 겨우 쳐다보라
고 말해놓고 얼굴이 붉어진 동생은 잘생긴 남자에게 매우 취약한
편인가 보았다. 그 정도로 잘생겼다니 나는 몹시 궁금한 편!

궁금함의 발걸음을 재촉해서 그 사람이 막 올라탄 엘리베이터
앞에 섰다.

어.

어.

어.

현우다. 현우가 분명했다.

내 손을 꼭 잡고 가 자기의 옆자리에 앉혀두고는 아무 말 없이
전학을 가버렸던 열 세살의 내 짝꿍 현우가 다시 나타났다.

그토록 극적인 일이 일어났는가

동생과 내가 달려가자마자 그를 태운 엘리베이터는 입을 닫아버렸다. 우리는 닫혀버린 엘리베이터 문만 야속하게 바라보았다. 어느 층에서 멈추는지 보느라 목을 점점 길게 빼내며 서 있는 꼴이라니, 건물이 25층이었기에 망정이지 더 높았다면 기린이 되고도 남을 신공이었다.

3층, 5층, 9층…. 대체 몇 번을 서는 건지…. 여러 개의 회사가 입주해 있는 크고 높은 건물에서 현우인지 현우를 닮은 사람인지 모를 그 사람은 대체 몇 층에서 내렸단 말인가.

"저 사람 처음 보니? 여기서 오늘 말고 또 본 적이 있어?"

"전에도 한번 본 적이 있는 거 같아요."

"왜 말 안 했어?"

"뭘요? 저 사람 본 거요? 그땐 언니랑 같이 안 있었는데요. 그리고 저 사람이 누군 줄 알고 언니한테 말해요? 혹시 언니가 아는 사람이에요?"

맞네…. 얘가 저 사람을 뭐라고 하면서 나한테 봤다고 할 것인가.

하지만 내가 아는, 나만 아는 내 짝꿍 현우가 확실했다. 그러다가 다시 아닌가 싶기도 했다. 하긴 세월이 얼마나 흘렀는데 스치듯 마주친 그 잠깐 사이 대번에 알아볼 만큼 이렇게 안 변했다고?

나만 해도 어릴 때 친구들은 만나기만 하면 성형한 거냐고 자꾸 물어보는데.

내가 그렇게 형편없었나 자괴감 들기 딱 좋게 무슨 질문이 그렇게나 1차원적인지.

난 초등학교 때 쌍꺼풀이 없는 눈이었다. 근데 중학교 2학년 어느 날 자고 일어나니 한쪽 눈에만 쌍꺼풀이 생겼다. 정말 아무 짓도 안 했는데 알아서 생긴 걸 어쩌란 말이냐. 쌍꺼풀이 생기면 예뻐지고 좋을 줄 알았는데 이런…. 하필 한쪽만 생길 게 뭐람.

양쪽 눈이 짝짝이가 되어서 보기엔 별스럽지 않은데 사진만 찍으면 용의자를 의심하는 수사반장의 어떤 형사처럼 뭔가 눈을 치뜨고 있는 듯한 모습이었다.

지금처럼 사진을 찍고 바로 확인해서 맘에 안 들면 보정하거나 지울 수 있던 시절이 아니잖은가. 내 모습이 인화되어 나온 사진을 감추기에 급급했던 나는 결국 졸업앨범 속의 얼굴까지 오려내 버리고 마는 결단을 보여주었다. 그러다 고등학교 때 나머지 한 쪽 눈에 쌍꺼풀이 마저 생기면서 그나마 땡큐였던 사진, 그래서 겨우 증명하게 된 홍반장의 졸업이었다.

내 사정은 이러한데 그 남자가 현우가 맞다면 이렇게 단번에 알아볼 수 있을 정도로 변하지 않았다는 얘긴데 세월은 나에게만 수수료를 받은 모양이었다.

안경을 끼고 있던 그의 하얀 얼굴은 여전히 광채가 났고 그러나 결코 유약해 보이지 않는 카리스마까지 장착되어 이젠 굳이 멋있다는 표현을 들먹이며 써야만 하게 생겼다. 게다가 똘똘해 보이던 어린 날의 눈빛은 어느새 글이 가득 들어있는 도서관 눈빛이랄까?

그가 가진 분위기가 얼마나 매혹적이었으면 아주 잠깐, 찰나의 순간에도 완전하게 멍해질 정도였을까? 전학으로 마주했던 열세 살의 그날처럼 넓은 빌딩 안을 그토록 빛나게 하다니…. 어쨌든 가진 언어가 짧아서 설명이 잘 안되는 벅찬 마주침이었다.

그날 이후 나는 시간만 나면 1층 로비를 서성대는 버릇이 생겼다. 뭔가를 찾아내고야 말겠다는 열정으로 사방을 두리번거렸다.

20대의 젊은 여자가 빈번히 같은 장소에 나타나 여기저기 기웃대는 수상한 행동은 신문에 나고도 남을 만한 일이라 여기겠지만 개의치 않았다. 중요한 지령을 받고 임무를 완수해야 하는 비밀 요원 같은 걸음걸이였는지도 모른다. 내가 왜 이러나 계속 탄식하면서도 그 버릇은 야무지게 영역을 넓혀가고 있었다.

점심시간만 되면 빠르게 식사를 마치고 1층에 있던, C 은행 문 옆 의자에 앉아서 엘리베이터 쪽에 시선을 고정한 채 커피를 마시고 잡지를 뒤적였다. 남들은 절대 모르는 나만의 어이없는 습관이 생겼다고나 할까.

거리엔 벌써 하나둘 낙엽이 떨어지고 계절은 가을 깊숙한 곳으로 점점 더 진입해 들어가고 있었다. 한 계절이 지나가고 있건만 기다리고 기다려도 그렇게까지 마주치지 않는 걸 보면 그 사람은 현우가 아니어야 했다. 잠깐 스친 그 사람은 현우면 안 되는 거였다. 말없이 전학을 가버렸던 그날의 딱딱해진 가슴이 느닷없이 떠올랐다. 나…. 그때 좀 슬펐었나? 아마도 진심의 열세 살이었던 모양인데? 십여 년이 지난 그때에 느닷없는 열세 살의 진심 찾기가 시작되었다.

근데 이제 와 다시 만나서 어쩔 건데? 현우에게 연인이 있을 수도 있고 나 역시 그때 남자 친구가 있었기 때문에 뭘 어쩌겠다는 계획을 세워서 기다린 건 아니었다. 그저 현우인지 아닌지가 궁금했던 거였다. 거였겠지? 거였을 거야.

참으로 오랜만에 코스모스처럼 흔들리는 마음이 낯설어지는 어느 오후의 기약 없는 마주침을 그보다 더 기약 없이 기다리고 있는 꼴이라니.

그러던 9월의 마지막 날, 기다림에 지쳐가느라 처음보단 사뭇 덜 진지하게 은행에 앉아 엘리베이터를 바라보고 있는데 순식간에 달려와 엘리베이터 안으로 들어가 버린 한 남자. 보고 있던 잡지를 집어던지고 달려가니 문이 막 닫히는 순간이었다. 바로 직전의 순간에 그도 나를 보았다.

"잠시만요. 잠시만요…." 그러나 야속하게 문은 닫혀버리고 그를 태운 엘리베이터를 두 번째 놓쳐버렸다.

분명히 날 봤는데…. 그럼, 현우가 아닌가 보다. 아니 날 못 알아본 건가?

그 아이가 아닌가. 아닌가 보네. 주머니 속에서 무의식적으로 구겨버린 종이처럼 마음이 구겨지는 순간을 떠안고 막 돌아서려는데 엘리베이터 옆 비상구 문이 열리며 그가 나타났다.

이럴 때, 이래서 드라마에서 정지화면을 쓰는구나! 이럴 때 쓰는 영상 효과였어.

눈앞에 열세 살 겨울 방학식 날, 내 책상에 일기장을 넣어주었다고 그때까지도 믿고 있던 한 달간의 짝꿍 현우가 서 있다. 그토록 기다렸으면서 아무 말도 먼저 꺼내지 못하고 서 있는 나에게 그 아이가 다가왔다. 그리고 먼저 말을 걸어 왔다.

"저…. 우리 알죠?"

살다 보면 가끔 진실을 모를 때가 더 좋았던 적이 있다. 진실을 정말 알고 싶었는데 그 진실이 예상했던 것과 너무 달라서 엄청난 상실감을 가져다준 경험이 있다면 기억 저편으로 진실을 묻어두고 싶을 것이다. 그러나 보통의 사람들이라면, 그런 상처가 있다고 해서 일부러 진실을 덮어두기 위해 어떤 거짓말을 설계하기란 쉽지 않은 일이다.

그건 예상하고 계획했다기보다 뻔히 알면서도 중요한 타이밍을 놓치는 것과 비슷한 시간차로 벌어지는 일일 테니까. 십여 년을 넘어서 내 눈앞에 나타난 현우가 만약 "너 혹시 홍반장이니?" 또는 "너 홍반장 맞지?" 라고 물어보았다면 어떻게 됐을까? 현우가 "우리…. 알죠?" 라고 물어보는 말에 "그럼 알지 알고말고. 나 홍반장이야. 6학년 때 네 짝꿍" 이라고 말하지 못하고 간신히 입을 떼 한다는 말이 "그러게요. 저도 아는 사람 같아서 달려가 보기는 했는데…." 라고, 얼버무렸을까? 왜?

어색하고 낯설게 마주 서 있는데 그가 다시 "우리 어디서 봤죠? 어떻게 이렇게 낯이 익을까요?" 라며 해맑게 물어보았다.

아는 사람이니 낯이 익지 이 녀석아, 내가 널 알고 너도 날 아니까.

용기를 내어 그의 기억에 도움을 주고 싶었다. 건물 바닥으로 툭 하고 던져질 것처럼 펄떡거리는 심장은 간신히 진정시켰지만, 입에서 튀어나온 말은 내 생각과는 전혀 무관했다. 저 혼자 맘대로 펄떡거리던 심장처럼.

"우리가 친구였을까요?"

이게 뭐냐고 이게.

참 인생, 이런 아이러니가 없다. 얼굴에 붙어있는 입 하나를 내 뜻대로 못 하다니 대뇌를 어디 연구기관 같은 데 보내야 하는 건가, 잠깐 고민했던 것 같기도 하다.

"혹시…. 서울에서 학교에 다니셨을까요?"

낯이 익은 나를 기억해 내지 못해 그가 새로운 질문을 해 왔다.

"네. 저는 서울에서 학교에 다녔습니다."

"아, 그러면 아니군요. 저는 지방에서 학교 다녔거든요."

뭐라고? 그럼 너는 정녕 현우가 아닌 것이냐? 아니면 전학한 곳이 지방이더냐?

엘리베이터 앞에 어정쩡하게 마주 서서 근처에도 가지 못하는 답답한 추리(저나 나나 형사가 되지 않은 건 국익에 기여한 일일 게야.)로 지나다니는 사람들의 시선을 받는 동안 점심시간을 끝내는 시곗바늘은 빌딩 로비 중앙에서 하필 눈에 너무나 잘 보이는 까만 색으로 1시 30분을 가리키고 있었다.

하필 그 중요한 시점이 휴대전화 출시 전이라는 시점이었으니 서로의 전화번호를 물어보기도 다시 만나잔 약속을 하기도 애매한 우. 리. 사. 이. 우리 사이라는 말을 쓰기도 민망한 우리와 사이라는 단어 가운데 끼어서 발길을 돌리지 못하고 있었다.

다시 마주치고 싶어서 한 계절을 보내며 서성댄 시간이 아까웠다.

그대로 돌려보낼 수는 없다는 마음이 결심되려는 순간, 그가 먼저 말문을 열었다.

"이 건물에서 근무하세요? 제가 올라가 봐야 해서요. 명함이 한장 주시면…. 제가 연락드려도 될까요?"

그 시절 평범한 여직원에게 명함을 만들어주는 회사가 있기나 했는가. 부장도 이사도 사장은 더욱 아닌데 말이다.

서러우면 출세해야 한다는 말이 떠오르며 그 말이 무슨 대단한 속담이나 명언처럼 생각되었다. 그래서 나는 누구에게 주든 안 주든 항상 명함이 있다. 그때는 없었던 명함이 지금은 핸드백 속에 늘 있다. 그저 이름 세글자가 찍힌, 써먹을 데도 없는 명함은 그날의 아쉬움을 대신해 늘 대기 중인데 정작 쓸데는 많지 않다.

하지만 다행히 1년 365일 항상 가지고 다니는 것이 있었으니, 그건 바로 언제 어디서나 기록을 남길 수 있는 볼펜.

허난설헌이 부러진 바늘을 두고 오호통재라 애재라를 부르짖더니 그야말로 볼펜이 없었다면 오호통재라 애재라의 20세기 주인공은 내가 될 뻔했다.

볼펜을 꺼내 그의 손바닥에 회사 전화번호를 써주었다. 내 손을 잡아끌던 그의 손을 잡고 연락처를 써주고 있다. 손가락이 길고 하얀 그의 손을 잡고.

짝꿍을 정하던 그날의 투덜거림과 핀잔의 현우는 어디로 가고, 그토록 다정하고 부드러운 말투의 현우가 앞에 있었다. 넌 왜 이렇게 잘 자랐니. 어쩌면 이렇게 멋지게 자라서 예고도 없이 나타나 이토록 설레게 하냔 말이다.

이미 10분을 넘긴 점심시간 때문에 바빠진 마음으로 엘리베이터가 오자마자 쫓기듯 올라탔는데 닫히는 문틈으로 다급해진 그의 목소리가 울려 퍼졌다.

"저기 이름이…. 저는 이현웁니다."

전화번호만 적어준 그의 손바닥에 내 이름이 없어서 순간 궁금했던 모양이다. 닫히는 문틈으로 제 이름 먼저 소리쳐 주다니.

그것 봐. 넌 멀리서도 단번에 알아볼 수 있는 내 짝꿍 현우였어. 나의 첫 일기가 시작된 날의 주인공 이현우란 말이다.

그날 오후가 어떻게 지나갔는지…. 업무를 그르치지 않은 것만으로도 회사는 나에게 고맙게 여겨야 할 것이라는 말도 안 되는 혼자만의 생색이 하늘을 찔렀다.

그 오후가 저물어 가도록 마음은 온통 분홍빛에서 점점 더 핏빛에 가까운 붉음으로 물들어 갔다.

왜 그랬을까?

퇴근 시간이 다가오면 회사가 잡을세라 쏜살같이 뛰어나오던 높고 넓은 로비를 그날은 천천히 천천히 왈츠를 추듯 두리번거리며 걸어 나왔다. 9월의 마지막 날이 기분 좋은 가을 색을 더하며 내 마음과 닮은 붉고 찬란한 하늘을 내놓고 있었다. 10월이 시작됨을 알리는 하늘은 마음껏 아름다웠다.

우리 사이의 시간이 제법 흘렀지만 그렇다고 그 시간이 20년이 30년이 지난 것도 아닌데 그토록 생각이 안 날까? 나는 단번에 알아보는 저를, 저는 왜 그토록 못 알아보는 건지, 그의 기억 속에 내가 어떻게 저장된 건지, 저장이 되어있기나 한 건지, 그의 손바닥에 적어준 내 전화번호가 지워지지 않아야 할 텐데, 언제쯤 다시 전화가 올까, 우리는 다시 만날 수 있을까? 온갖 경우의 수를 다 끌어와 굳이 안 해도 될 걱정을 늘어지게 하고 있으니, 그놈의 경우의 수를 다 정리하는 동안 피타고라스라도 되는 줄 알았다.

물론 짧은 커트 머리의 선 머슴애 같던 홍반장이 쌍꺼풀이 생기고 어깨 밑까지 늘어뜨린 생머리에 화장도 했지만 성형 하기를 했어, 뭐 그리 변장 수준으로 화장을 한 것도 아닌데 말이다. 초등학교 때 나, 그렇게 심각했었나? 그날 이후 시도 때도 없이 거울을 보느라 시간 가는 줄을 몰랐으니 평생 볼 거울 그때 다 본 게지. 내가 원래 자주 거울을 보는 편이 아니건만. 평생 이쁜 언니 미모에 가려 살았으니 이쁜 건 노력해 봤자다 생각하면서 지적 허영심이나 채우며 살려고 노력했을 뿐인데 이제 와 거울 보느라 하세월을 보내고 있다니.

그나저나 사흘이 지났는데 전화가 오지 않았다. 오히려 그의 번호를 물어봤어야 했다. 기약 없는 기다림이 싫어서 누구에게 전화번호를 알려주고 기다리는 짓 따위는 평생 하지 않으면서 그땐 왜 그랬는지 모를 일이다. 마음에 든 사람이라 다시 만나고 싶다거나 꼭 필요한 연락을 주고받아야 할 때면 전화번호를 주기보다는 받아오는 편이다. 상대가 여자든 남자든. 기껏 번호를 주고 나서 연락이 오면 거절하는 그런 얄궂은 심리는 평생 갖고 있지 않기 때문에 주로 연락처를 받아오는 편인데 일생 단 한 번 연락처를 주는 일을 왜 하필 그날 했는지. 슬슬 불안하고 짜증 나기 시작했다. 기억이 난 거야? 기억이 났는데, 나라서? 나서서 안 만나도 된다는 거야?

엘리베이터를 타고 올라가다 말고 굳이 다시 내려올 만큼 저도 궁금한 거 아니었나. 낯익은 내 얼굴을 간절히 알고 싶어서 전화번호를 받아 간 거 아니었어? 그러면 당장 전화를 해야지. 생각이 안 나는데 궁금하지도 않아?

그를 향한 얼토당토않은 서운함이 쌓여서 폭발하려고 하던 그때! 그와 내가 엘리베이터 앞에서 서로의 기억을 더듬던 그날로부터 꼭 닷새가 지난 9월 어느 날의 나른한 오후에!

점심 식사를 마치고 1층 로비를 고장 난 로봇처럼 목을 돌려가며 사방팔방 기웃거리다 지나온 그 오후에!

드디어 책상 위에서 울리는 전화벨 소리. 회사 전화벨 소리가 그토록 매혹적인 소리였다니. 그 소리에 기꺼이 매혹당해 주리라.

그의 손바닥 위로 내 전화번호가 올라간 날 이후로, 회사로 걸려 오는 전화란 전화는 모조리 내가 다 받게 생겼던 날들이 마침표를 찍는 순간이었다.

"여보세요. D 무역입니다."

"여보세요? 저는 이 현우라고 합니다."

내 목소리를 기억하고 있었다. 그게 아니라면 남의 회사로 전화를 걸어 누구를 찾거나 무엇 때문이라고 말하지 않고 대뜸 자기 이름부터 말하는 건 이상하지 않은가.

이 녀석 선수구나. 성인이 되면서 그 얼굴로 국가대표가 된 건가 싶었다.

그럼 어떠랴, 선수면 뭐 어쩔 텐가? 내가 같이 올림픽 나갈 것도 아닌데 뭘.

"아… 네. 며칠 전 엘리베이터…. 맞으시죠?"

난 또 어디서 이런 앙큼한 짓을 하는 거냐.

"그쪽…. 아직 기억이 안 납니다. 혹시 저 기억 나셨어요?"

났지. 기억이 난 게 아니라 자네를 잊은 적이 없다네. 라고 말하고 싶었다.

하지만 왜 입은 마음과는 전혀 무관한 길로 들어서서 알 수 없는 미로 속으로 빠지려는지.

"그럼 우리가 한 번은 만나야겠네요. 서로 마주 보고 기억을 해 보는 게 빠르지 않을까요?"

나는 더 이상 열세 살의 홍반장은 아니었다. 먼저 활시위를 당길

줄 아는 로빈후드의 사촌 동생쯤으로 성장해 있었다.

"네, 좋습니다. 그런데 저는 이 건물에서 근무하지 않습니다. 일주일에 한 번쯤 여기 19층에 있는 S 기업에 일 때문에 다녀갑니다."

그래그래, 오히려 고맙지. 너무 자주 마주쳐도 뭐 그리 좋지 않을 거야. 순간 남자 친구의 얼굴이 잠깐 스치고 지나간 것 같기도 하고. 하지만 그땐 남자 친구의 얼굴이 지나가는 장면 따위는 전혀 중요하지 않았다. 그리곤 이내 잊어버렸다.

"그럼, 오늘 시간 어떠세요?"

오늘? 가만있어 보자 내가 오늘 뭘 입고 왔지?

청바지에 면티나 한 장 무성의하게 걸치고 왔다면 망설였을 마음이었다. 유니폼을 입은 거울 속 나를 바라보며 잠시 골몰했다. 아! 하늘색 원피스를 입고 온 게 생각났다. 다행이었다.

됐다 됐어. 그럼, 오늘 만나는 게 좋겠어.

사실 옷이 중요한 게 아니라 또 일주일을 속 터지게 기다리고 싶지 않았기 때문에 누군가의 옷을 빌려 입고라도 그를 만나러 나갈 참이었다. 누군가를 만날 때 무슨 옷을 입고 갈지 고민한다는 것은 분명 그 만남에 대한 마음의 농도가 진해지고 있다는 사실적 묘사일 것이다.

그는 본사로 돌아가지 않고 바로 퇴근한다니 오히려 내가 더 늦은 퇴근이 될 것 같았다. 우리는 회사에서 조금 떨어진, 명동으로 걸어가는 길목에 있는 B 카페에서 만나기로 했다. 자기가 먼저 일을 마칠 것 같으니, 그곳에 가서 기다리겠다는 말을 남기고 전화를 끊었다. 그때부터 고민이 시작되었다. 그에게 내가 홍반장임을 바로 털어놓을 것인가. 아니면 그가 날 생각해 낼 때까지 입 다물고 모른 척할 것인가. 그러려면 이름을 알려주면 안 되는데. 이건 무슨 짓인가. 나는 왜 이러는가. 그를 계속 만나겠다는 마음인가. 그럼 남자 친구 K는? 아주 혼자서 치정의 시나리오가 끝 간 데 없이 펼쳐졌다.

탈의실로 들어가 퇴근 준비랍시고 아예 본격적으로 화장을 다시 하다시피 하고 있으니, 동료들의 질문이 이어졌다.

"홍반장 언니 오늘 남자 친구 만나는구나?"

"아니지 홍반장이 언제 남자 친구 만난다고 저렇게 대놓고 유난을 떨든?"

"너 뭐냐? 뭔데?"

"얘 뭐 있네. 뭐 있어."

동료들의 궁금증 어린 표정을 어깨에 가득 얹고 사무실을 나오니 10월을 재촉하는 노을은 어제의 노을과 달랐다. 몰디브 해변의

석양이 이렇게 아름다우려나. 나바지오 해변의 노을이 이보다 끝내주려나. 몰디브 근처에도 못 가봤으면서, 나바지오는 어디 붙어 있는지 관심도 없으면서 상상의 나래는 지구상의 모든 해변을 다 끌어올 작정이었다.

누가 날 따라다니며 영상을 찍었다면 쇼윈도에 비친 내 모습 보느라 1km도 안 되는 거리에 있는 B 카페까지 백만 년 걸려서 도착하게 생긴 꼴이 얼마나 우스웠을까?

카페에 들어서니 아직 이른 시간이라 그런지 사람이 많지 않았다. 두리번거릴 필요도 없이 현우만 보였다. 마음은 급하나 평소 나답지 않은 조신한 걸음으로 현우가 앉은 자리로 조용조용 다가가 드디어 그와 마주 앉았다. 문득 우혁이의 옆자리로 축지법을 써서 달려가던 어린 날의 다희가 떠올라 피식 웃음이 나왔다. 그날의 다희 걸음이 오늘의 내 걸음이로구나 싶었다.

심장이 용암처럼 뜨겁게 솟구쳐 오를 것 같더니 막상 마주 앉으니 현우의 예전 모습이 떠올라 순간 순간 누나 같은 미소가 지어졌다.

저녁을 먹자는 제안에 그냥 차만 마시겠다고 하고 뭐였더라⋯. 당시 유행하던 비엔나커피(커피 위에 아이스크림이 올려진 지금의 아포가토 비슷한)를 주문했다.

주문하고 커피가 나올 때까지 아무 말도 하지 않고 뚫어지게 얼굴만 쳐다보았다. 먼저 말을 안 시킨다고 저도 이러기야? 커피가 나오기까지 아무리 빨라도 5분 이상은 걸렸을 텐데 아무 말도 하지 않고 쳐다보며 마치 지금 당장 내가 널 생각해 내지 못하면 넌 오늘로 끝이야!! 뭐 그런 결심을 한 건지…. 오늘도 생각 안 나면 널 처단하겠다!! 그런 생각인 건지…. 어쩜 그렇게 해사한 미소를 머금고 얼굴만 뚫어지게 쳐다보는지…. 아, 진작 점 좀 **뺄걸**. 이런 날이 올 줄이야. 내 얼굴에 점 세는 중인가?

아, 근데 이 녀석은 왜 이런다니. 넌 아주 얼굴을 갈고 닦았구나. 이젠 하산하렴. 음 하하하. 그 아이는 참말로 눈부셨다. 그러나 내가 누구냐 더 이상 열세 살의 그 홍반장은 아니지 않은가. 그 눈부심을 절대 피하지 않았다. 나의 시선 역시 새하얀 녀석의 얼굴에 보이지 않는 아름다움을 더 찾아내고 말리라는 각오가 서린 시선이었을 것이다.

그렇게 영원히 정적이 흐를 것 같더니 마침내 현우가 입을 열었다.

"저는 서울에서 태어났는데 초등학교 때 전학을 갔어요. 지방에서 잠깐 살다가 서울로 대학에 왔고 이제 학교를 마치고 S 기업에서 인턴으로 근무 중입니다."

"아, 그러시구나. 저는 초등학교 때 지방에서 서울로 전학을 왔어요."

"그럼 우리가 학교로는 접점이 없는 걸까요?"

없긴 왜 없냐? 6학년이 있지이.

"근데 저 초등학교 때 친구랑 정말 많이 닮으셨어요. 근데 그 친구 이름이…. 기억이 안 나네요. 아, 그러고 보니 우리 서로 나이도 이름도 모르네요. 확실한 건 제 짝꿍이었던 그 아이랑 너무 닮으셔서 그날 엘리베이터 앞에서 깜짝 놀랐습니다."

얘는 또 뭐 이렇게나 정중해? 어린 날의 싹수없던 저를 내가 기억하는구먼.

"그날 엘리베이터에서 이름 말씀해 주셨는데…. 이 현우 씨…. 저는 00년생이고 이름은 홍 박자예요."

깊이 생각하고 치밀하게 계획한 건 아니었다. 나도 모르게 나와 버린 방귀처럼, 하품처럼 그냥 그렇게 입에서 나와 버린 말이었다.

왜 그랬니? 나 왜 그런 거야?

어차피 그 친구 이름 기억 안 난다잖아. 근데 왜 이름을 사실대로 밝히질 못해.

홍길동이야? 아버지를 아버지라 부르지 못하고 형을 형이라 부르지 못했다던 그 길동이냐고.

그러나 이미 쏟아져 버린 물이었다. 생각이 안 난다는 바람에 그 랬던 것 같기도 하고, 그 순간 왜 그랬는지 지금까지도 정말 알 수가 없다. 홍반장이든 홍 박자든 어쨌든 25년간 홍반장이었던 내가 홍 박자가 되는 역사적인 순간이었다. 아버지가 아시면 기절하실 일이었다. 아름다운 얼굴을 가진 남자에게 넋이 나가 본의 아니게 개명을 해버린 꼴이라니.

한심이 두심이 되는 순간이었다.

"저랑 동갑이시네요."

"그러네요. 그러면 우리 동갑이니까 말을 편하게 하는 건 어떨까요?" 했더니,

"뭐 편한 대로. 그래 그러지 뭐." 라며 군더더기 없이 되받아쳤다. 커피는 아이스크림이 올려져 있어 가뜩이나 빨리 식어버려 이것은 커핀가 아이스크림인가 하는데 배는 점점 고파지고 급기야 꼬르륵 소리를 밖으로 질러대기 시작했다.

"우리 밥 먹으러 갈까?"

"들렸니? 배가 고프네. 밥 먹으러 가자."

계절은 하필 가을이었고 또 날씨는 덥지도, 춥지도 않은 것이 둘이서 걷기에 더할 나위없이 좋은 하늘이고 바람이었다. 나는 그 애 곁에 서서 함께 걸었던 그 밤이 좋았다.

정작 현우에 관한 모든 기억은 이토록 선명한데 그날 우리의 첫 식사가 무엇이었는지 기억이 나지 않는다. 내 일기장엔 온통 그날의 하늘과 바람과 그의 웃던 모습만 잔뜩 기록되어 있을 뿐. 게다가 보라색 볼펜으로 써놓은 시간이라니. 정말이지 온 마음이 보라색이었나 보다.

그 아이와 내가 무엇을 먹었는지는 중요하지 않았던 보라색 가을밤이었다.

현우가 S 기업으로 오게 되는 일주일 후 우리는 다시 또 만나기로 약속하고 헤어졌다.

요즘은 눈 한 번만 감고 뜨면 일주일이 휙 지나가는데 그때는 왜 그리 일주일이 길었는지. 게다가 시도 때도 없이 떠오르는 현우의 어린 날과, 그 밤 함께 걷던 명동거리는 가보지도 못한 유럽의 어느 거리보다 아름다웠다는 생각만 머릿속을 어지럽히며 걸어 다녔다.

그 마음은 무엇이었을까? 유년의 기억이 휘몰아쳐 온 그 가을밤은 일탈이었을까?

열세 살, 그해의 마음이나 12년이 흐른 그날의 마음이나 딱히 사랑이라고 정의를 내리기도 어설픈 일탈 같았다.

가을은 하루가 다르게 깊어져 가고 현우와 만나기로 한 그날이 오기 전에 남자 친구 K를 만났다. 지금이야 남자 친구라는 표현을 쓰지만 그때는 남자 친구라고 하면 그냥 남사친을 이르는 말이었고, 서로 사귄다고 하면 애인이라는 표현을 쓰던 시절이었다. K는 남사친과 애인의 경계쯤에 있었던 것 같은데 확실한 애인의 타이틀이 없어서였는지 나는 K에게 현우에 대한 이야기를 모두 다 했다. 현우와의 초등학교 시절 추억과 회사 건물에서 다시 만나게 된 날과 그가 현우인지 아닌지 궁금해서 거의 매일 기다렸던 행동까지를 모두 숨김없이 솔직히 다 이야기했다. K는 나의 이야기를 다 듣고 나서 매우 흥미롭다는 듯 웃으며 "그래서 얼마 동안 계속 만날 건데?" 라고 물어보았다.

"너의 허락이 꼭 필요한 건 아니지만 네가 너무 싫다고 하면 고민 해 봐야지."

"왜 갑자기? 소유권 주장하지 말라며? 나한테 그럴 권리를 부여하는 거냐?"

서로가 소유권 주장할 만한 일을 하지 않았으니, 우리가 서로 다른 사람을 만나는 모든 시간은 자유로운 시간임을 주장했던 내 생각을 비난하는 듯한 말투였다.

하지만 그래도 우리가 서로 〈애인〉이라는 타이틀로 만나고 있다면 허락의 여부와 별개로 좋아하는 사람에 대한 의리란 게 있으니, K가 싫다고 한다면 현우를 향한 마음이 어떤 건지 깊이 들여다볼 문제라고 생각했다.

아무리 현우와 함께 걷던 거리가 유럽이었다고 해도, 그 가을밤의 바람이 제아무리 향기로웠어도 어둠이 내리는 충무로 한복판을, 명동거리를 현우가 아닌 남자 친구 K와 함께 걷는 것이 맞다고 생각했다. K가 웃으며 말했다.

"딱 세 번의 기회를 줄게."

현우를 딱 세 번 만나는 동안 자기보다 더 좋은지, 현우를 계속 만나고 싶은 마음에 저항할 수 없는지 생각해 보라고 했다. 그렇게 말하는 K가 좋았다. 그의 자신감이 좋고 나를 향한 믿음이 곧 자신에 대한 믿음임을 말하고 있는 그가 멋있었다.

아름다운 그 아이의 시간으로

정확하게 일주일 만에 전화가 왔다. 우리는 단 한 번으로 이미 익숙해진 B 카페에서 다시 만나기로 했다. 처음 만나던 날보다 덜 긴장 되었고, 그를 만나러 가는 길목의 쇼윈도에 더 이상 날 비춰보지 않았다. 설렘으로 폭발할 것 같은 가슴은 단 하루였을까? 어쨌든 그날은 내가 바로 6학년 때 짝꿍 홍반장임을 현우에게 말해 줄 작정이었다. 그러고는 그의 기억력을 꼭 집어서 조금만 비난해 주리라 마음먹었다.

카페에 도착하니 현우가 먼저 도착해서 기다리고 있었다.

"잘 지냈니? 한참 기다린 건 아니지?" 내가 먼저 반갑게 말문을 열었다. 무슨 말이라도 하지 않으면 다시 심장이 기지개를 켤 것 같았다. 우리는 다른 곳으로 이동하지 않고 그곳에서 돈가스와 생선가스를 시켜 먹었다. 이건 생각이 났다. 일기에 적혀있어서. 제정신이 돌아왔나 보다. 그런데 정작 그날의 식사는 맛있고 여유롭게 먹었다기보다 그 아이가 워낙 말을 안 해서 조금 불편했던 것 같기도 하다. 게다가 식사 시간 내내 내가 홍 박자가 아니라 홍반장임을 밝힐 적절한 타이밍을 찾느라 제대로 맛을 느끼지 못했던 꽤나 힘든 식탁이었다.

사람은 정직하게 살아야 한다는 명쾌하고 단순한 진리가 그렇게나 뼈를 때릴 줄 미처 생각하지 못했다. 한번 내 입을 떠난 말은 내 것이 아니니 말할 때 주의하고 뱉어야 한다. 순간의 거짓말이 이토록 불편할 수가 없었다. 타이밍을 놓친 거짓말은 정직해질 타이밍을 찾느라 무엇에도 집중할 수 없는 불안을 가져다주었다.

이제나저제나 눈치만 보고 있는데 그가 말문을 열었다.

"나는 곧 군에 입대해. S 기업으로 입사할 좋은 기회가 주어져서 일단 학업을 마치고 졸업을 한 다음 입대하려고 미뤘었어."

"아 그렇구나. 그럼 제대하고 S 기업으로 정식 입사하게 되니? 입대 날짜는 언제야?"

나는 군에 간 남자 친구를 기다리는 여자를 칭하는 곰신을 해 본 적이 없다. 내 남자 친구들은 군대를 갔다 왔거나 학생일 때 헤어졌거나 그랬기 때문에 곰신의 기회가 없었다. 물론 현우의 군복무로 나에게 곰신의 기회가 올 거란 생각 따윈 더더욱 하지 않았다.

"응. S 기업의 정식 사원이 될 거고, 군대는 곧…."

그, 곧 이 언젠데? 라고 묻고 싶었지만 묻지 않았다. 나에겐 굳이 그 날짜를 물어볼 만큼의 지분은 없다고 생각했기 때문이었다. 그의 여자 친구도 아니고 그때는 여사친이라고 규정하기도 애매한 범위여서 무슨 말을 해야 할지 떠오르지 않았다. 그가 대한민국의 군인이 된다 해도 내 역할이 군에 간 남자 친구를 기다리는 여자는 아닌 것 같았다.

'그래, 어차피 몇 번 못 만날 거였네.' 라는 생각이 들자 아쉬움인지 안도인지 모를 마음이 크림이 녹지 않은 커피처럼 정확한 색깔을 띠지 못했다.

그때 현우가 물었다.

"남자 친구는 있어?"

"응. 있어. 너는?"

너는? 은 왜 물어본 거야 대체?

말이 뇌를 거치치 않고 막 나오는구나. 물어볼 필요가 뭐냐는 생각이 들었지만 이미 쏟아진 말이었다. 우리가 살면서 내뱉는 말 중엔 뇌를 거치지 않는 것 같은 말이 얼마나 많은가?

남들에게서 그걸 느낀다면 분명 나에게도 있는 일일 텐데 그 순간 내 자신에게서 그걸 느껴버렸다.

"난 없어. 근데 역시 넌 있을 것 같았어."

"왜? 뭐 때문에? 날 한 번 보고 그럴 것 같단 생각을 했다고? 그건 잘 아는 사이에나 할 수 있는 생각 같은데?"

"그냥 그랬어. 그건 그렇고…. 남자친구한테 나 만나는 거 말했어?"

"응. 했어."

"좋네…. 좋다. 넌 그럴 거 같았어."

일주일 전 겨우 한번 만난 걸로 마치 오랜 친구인 양, 잘 알듯이 얘기를 하니 기분이 묘하게 흔들렸다.

나랑 닮았던 그 친구의 이름은 생각이 났냐고 묻고 싶었는데 묻지 못했고, 네가 아무 말 없이 전학 갔을 때 너무 서운했던 나는, 네가 손을 잡고 가 옆자리에 앉혔던 그 홍반장이라고 말하고 싶었지만, 그것조차 말하지 못했다. 왜 말하지 못 했냐고 물어본다면 잘 모르겠다고 대답할 수밖에 없는 내 기억은 거기가 끝이다.

"너 혹시 오페라 좋아하니?"

"완전 좋아하지. 너무 비싸서 못 가는 거지 좋고말고가 어딨어?"

"세종문화회관에서 공연하는 오페라 라트라비아타 티켓이 있어. 버리자니 아깝고 같이 가고 싶은 사람은 없어서 그냥 가지고 있었어. 너 줄까? 남자 친구랑 갈래?"

"아니, 그러지 말고 우리 둘이 가자. 네가 괜찮다면 나는 너랑 함께 가고 싶어." 망설이지 않고 그와 함께 오페라 공연에 가는 것을 결정해 버렸다.

우리는 3일 후 다가오는 주말에 세종문화회관 앞에서 만나기로 하고 헤어졌다.

현우와 헤어지면서 생각했다 어쩌면 더 이상 못 만나게 될 수도 있겠구나.

그 사실이 다행이면서도 쓸쓸했다. 어떤 마음이었는지 모르겠던 건 십 대나 이십 대나 마찬가지란 생각이 들었다. 사랑과 아쉬움을 닮은, 설렘 같기도 하고 호기심 같기도 한 그 감정이 싫지 않았던 건 분명하지만 그 감정을 마음껏 즐기기엔 현우에 대한 나의 용기는 많이 부족하고, K에 대한 의리는 생각보다 단단했다. 막상 더 채우고 싶지도 않았던 그 용기를 멈추는 일은 어쩌면 습관이었는지도 모르겠다.

생각보다 3일은 빨리 지나갔다.

그 시절 오페라는 풍요롭지 못한 청춘들에겐 마음을 먹고도 열 번쯤 야무지게 다시 먹어 볼 수 있을까 말까 하는 사치와 풍요의

문화였을 뿐 아니라 쉽게 접하기도 어려운, 다분히 귀족적인 문화였다.

나는 대개 친구들의 report를 대신 써주거나 영화 칼럼 등을 써주고 영화나 연극 공연의 티켓 등을 제공받게 되면 함께 보러 다녔다. 문화의 허기를 다 채울 만큼 부유하지 못해서 그 정도를 채워주는 남자 친구와 연애를 가장해 필요를 채웠던 청춘의 날들.

연극 〈신의 아그네스〉나 〈뿌리〉 같은 유명 대작들은 물론 〈분노의 포도〉나 〈돼지와 오토바이〉 같은 소극장 공연들을 찾아다니며 주린 배를 채웠는데 실상은 그조차도 문화적 사치였던지라 세종문화회관에서 공연되는 〈라 트라비아타〉라니, 그건 마치 미국 브로드웨이의 공연에 초대된 것과 맞먹는 행운 정도라는 생각이 들었다.

현우와 함께인 것도 물론 의미가 있었겠지만, 〈라 트라비아타〉를 보러 가는 것에 대해 흥분 게이지가 최고조인 3일을 보냈다. 그때도 주말은 지금과 별반 차이 없이 차가 많고 지하철도 자리를 잡고 앉아서 이동할 수 없을 만큼 붐비던 때였지만 절대로 지치거나 짜증 나지 않는 토요일 오후였다.

당시 인천에 살고 있었기 때문에 광화문 세종문화회관까지는 꽤 오랜 시간이 걸려 도착했다.

분명 근무하던 토요일이었는데 왜 온통 그 아이를 만나는 일에만 하루를 다 쏟은 것 같은 날이었는지….

　현우는 역시나 공연장 앞에 먼저 와서 기다리고 있었다.

　전학을 가던 첫날에 낯설고 모르는 얼굴뿐이던 친구들 틈에서 혼자서 특별한 햇살을 받은 것처럼 빛나던 현우의 모습은 10여 년이 지난 어느 가을 저녁 도시의 한가운데서도 여전히 아름다웠다.

　남자도 이렇게 아름다울 수가 있구나…. 또 잠깐 넋을 놓고 바라보았던가. 나의 외모 지향력은 우주 최강 울트라급인가. 그래서 그것을 사랑이라고 착각하는가. 생각이 엉키기 시작했다.

　간단하게 저녁을 먹고 공연장으로 들어섰다.

　알렉상드르 뒤마 피스의 소설 [춘희]를 모티브로 베르디가 작곡한 오페라 〈라 트라비아타〉는 화려하고 웅장했다. 누구든 들으면 다 아는 [축배의 노래]를 들을 때는 온몸이 저릿저릿 전율이 흘렀다. 옆에 현우가 있다는 사실을 까맣게 잊은 채 몰입하고 또 몰입했다. 마치 내가 무대 위에 서 있는 것 같은 황홀함과 감격이었다.

　공연을 마치고 나오니 어둠이 짙게 깔린 가을밤의 제법 쌀쌀한 바람이 우리 사이를 지나갔지만 절대로 춥지 않았다. 〈라 트라비아타〉의 열기가 내 안에 아직 가득했기 때문이었다.

그리고 아름다운 현우가 같이 걷고 있었으니까 10월의 그 거리를.

"너 혹시 술…. 마시니? 우리 술 한잔할까?"

어색해서인지 진짜 술이 마시고 싶었는지는 모르겠지만 그가 한참을 머뭇거리다 말을 꺼냈다.

"아니. 술 못 마셔. 그리고 난 늦으면 차가 끊겨. 서울역에서 직행으로 가는 고속버스를 타야 해"

집으로 돌아가는 길이 멀고 교통이 불편했으므로 마음껏 긴 시간을 서울 시내에서 보낼 수가 없었던 그 시절의 나는, 지하철 막차 시간에 맞춰 숨이 넘어가도록 달리던 드라마 〈나의 해방일지〉 속 삼 남매 중 한 명이었을 가능성이 높다. 그랬기 때문에 그때 그날, 그토록 로맨틱한 현우의 제안을 무 자르듯 싹둑 잘라버린 건지도 모르겠다.

습관이 이래서 무서운 거지. 습관이 상황을 이긴단 말이다. 두고두고 그날 현우의 제안에 술 한잔 마시지 못했던 것을 후회했지만 다시 그 시간으로 돌아가도 나는 아마 습관대로 했을 것이다.

"그래? 그러면 서울역으로 가자."

함께 서울역으로 가서 인천까지 가는 직행버스 표를 두 장 끊었다.

"혼자 가도 괜찮아. 돌아오기 불편할 거야. 차가 없을 수도 있어. 너는 그냥 집으로 가는 게 좋을 거 같아."

"아냐. 바래다줄게. 어떻게든 돌아올 수 있을 거야. 걱정하지 마."

그건 알지. 너 말고 다른 친구들도 다들 집 앞까지 데려다주고 어떻게든 집으로 돌아가더구먼.

나만 모르는 귀가 방법이 있는 건지, 아니면 그게 나에게 비밀인 건지는 모르겠지만.

정작 버스 안에서 우리는 특별한 이야기를 나누지 않았다. 내가 초등학교 때 짝꿍 홍반장이란 걸 얘기할 기회도 없었고, 저가 나를 닮은 제 친구를 궁금해하는 눈치도 아니었다.

그냥 그날의 〈라 트라비아타〉와 저와 내가 보았던 다른 공연들과 영화 이야기? 뭐 그런 서로의 관심사에 관해 이야기를 나누었던 기억만 있을 뿐.

저만치에 우리 집이 보였다. 점점 가까워지는 우리 집이 조금만 더 멀었으면 좋겠다는 생각을 잠시 했다.

"오늘 공연 너무너무 좋았어. 덕분에 행복한 시간 정신 못 차렸다. 데려다준 것도 고마워. 혼자 왔으면 창문에 머리 박고 졸면서 침이나 안 흘리면 다행이다. 하고 왔을 건데 말이야."

"그래 들어가. 그리고 이거…." 현우가 내민 손에 들려있는 편지 한 통!!

"어? 나도 이거!"

우리는 서로 한 통의 편지를 주고받았다. 그리고 헤어졌다.

뒤돌아서 가는 그의 뒷모습까지 어찌나 아름다운지 밤하늘의 뭇별들이 온통 그를 향해 쏟아져 내리는 것 같은 착각마저 들었다.

K와의 약속을 지키기 위해 현우는 더 이상 만나지 않을 생각이 었기에 그에게 건넨 편지에는 이런 말을 적었다. 내가 6학년 때 네 짝꿍 홍반장이라는 것과 너를 처음 본 날 단번에 알았다는 것. 그래서 날마다 마주치기 위해 은행에서 기다렸다는 것. 그리고 그 옛날 갑자기 아무 말 없이 전학을 가서 좀 서운했었던 것 같다는 말과 함께, 네가 아주아주 멋지고 근사하게 잘 자라서 반할 뻔했다는 말도 빼지 않고 써넣었다.

현우는, 처음 봤을 때 6학년 때 짝꿍이었던 걸 알긴 했는데 이름이 생각나지 않아서 미처 말을 못 했다가 적절한 타이밍을 놓쳤다는 것, 나를 만나는 두 번의 시간이 너무 재미있고 웃겨서 잊지 못하리라는 것, 그리고 입대 전 비싼 오페라 티켓을 버리지 않게 같이 가주어서 고맙다는 말과 함께 열세 살 우리의 학예회 때 〈선녀와 나무꾼〉은 정말이지 너무 재미있어서 아직도 생생하게 기억하고 있다는 것, 오늘 볼 〈라 트라비아타〉가 그것보다 재미있을까? 궁금하다는 말도 안 되는 칭찬을 적어 놓았다. 또 겨울방학 말미에 전학을 가는 바람에 졸업앨범을 받지 못해서 (학교에서 가지러 오라고 했지만 이미 지방으로 이사를 간 터라 그게 그 당시에 쉽지 않았다고) 아직도 내 이름이 정확히 기억나지 않는다는 슬픈 사실과 함께 몇 개의 이름을 써놓았는데 그중에 내 이름이 있었다. (그나마 다행인 건가?) 그리고 건강하게 잘 다녀오겠다는 말과 나의 안녕과 행복을 빌어주는 끝인사까지.

모두가 사랑이에요

그날 이후 현우를 다시 만나지 못했다. 회사 건물에서, 엘리베이터에서, 충무로와 명동 거리 그 어디에서도 그를 볼 수 없었다. 그는 그림자조차 남기지 않았다. 그래서 입대를 한 건지 아직 입대 전이라 19층의 S 기업에 다녀가는지도 알 수 없었다. 마치 현우를 만났던 그 세 번의 시간이 꿈인 것만 같았다. 그리고 시간이 흘렀다.

어느 가을엔 그를 생각했고 또 어느 가을엔 그를 기억하지 못했고, 또 다른 어느 가을엔 그를 잊었다.

우리에겐 사랑을 나누었든 나누지 않았든 좋은 기억으로 남아

있는 사람이 있고, 숨 막힐 듯 사랑했지만, 기억 속에서 지우고 싶은 사람도 있다. 로마의 휴일 오드리 햅번과 그레고리 팩처럼 사랑인지 아닌지도 모를 만큼 짧은 시간을 스쳐 간 사람도 있고 또 가슴에 바람이 불었었나 향기가 났었나 미처 깨닫기 전에 헤어져서 아쉽고 애절한 사람도 있다. 또 가끔은 차라리 만나지 않았으면 더 좋았을 인연도 기억한다. 헤어짐이 구질구질해서 떠오르면 낯이 뜨거워지는 사람이 있고, 죽을 것처럼 사랑하다가 간신히 죽지 않을 정도로만 목숨이 붙어있을 때 결혼을 하고, 그 목숨 부지하며 살기위해 다소 덜 사랑하는 방식을 택해서 사는 남편이란 자도 있다. 나에게 현우처럼 그저 미소가 지어지는 어린 날의 동요 같은 사람이 있고, 그리워 떠오르면 오직 가슴 아픔으로 남아있는 사람도 있고, 죽기전에 꼭 한번은 다시 보고 싶은 사람도 있다. 그런 사람이 이성이어도 동성 친구여도, 나보다 나이가 많은 어른이었거나 훨씬 젊거나 어린 친구였어도 마찬가지다. 그 모두가 사랑이었다.

비단 사람뿐만 아니라 어느 장소, 어느 물건, 어느 시간이어도 그렇다.

사랑이라고 말할 수 없는 애매한 감정 속에서도 우리는 사랑을 배운다.

사랑 때문에 죽을 것처럼 아프기도 하고, 또 살 것처럼 숨이 쉬어지다가 때론 창피해서 숨기고 싶은 마음으로 사랑하고, 숨길 수 없이 자랑하고 싶은 감기 같은 사랑도 한다. 내가 더 사랑해도 허기진 사랑이 있고 넘치게 받아서 기쁘거나 버거운 사랑도 있다. 어떤 사랑은 목숨을 걸고 붙잡고 싶고 어떤 사랑은 그림자조차 남기지 않고 떠났건만 미련 한 점 남지 않는 경우도 있다.

현우와 걸었던 가을밤이 그렇고 명동 거리가 그렇다. 불편했던 저녁 식사가 그렇고 그 가을의 바람과 하늘이 그렇다. 나는 그 이후 세종문화회관에서 수많은 공연을 보았지만, 그곳을 지날 때면 항상 라트라비아타를 떠올린다. 미련한 점 남기지 않은 그 모든 시간은 사랑이었다.

우리의 가슴으로 바람이 지나가던 그 모든 길목이 사랑으로 가는 길이었다.

비와 함께 생각나는 사람, 눈이 오면 보고 싶은 사람, 꽃이나 나무나 바람으로 기억되는 사람, 냄새나 소리로 기억되는 사람, 어느 장소 어느 시간으로 멈춰있는 사람…. 모두가 사랑이었다.

더 많이, 더 자주, 더 깊이 만나지 않았어도 아쉽지 않은 사랑이 있고, 매일의 태양과 매일의 달빛을 나눠 가졌어도 아쉬운 사람이 있다.

현우와는 세 번의 만남으로 충분했다.

첫눈에 정했던 마음의 주인, 맥락 없는 불친절이 미웠던 아이, 손을 잡고 따라갈 때의 설레는 마음, 느닷없는 이별 앞의 공허, 그리고 다시 만났을 때의 감격, 아쉬운 작별까지 모두 현우가 나에게 준 선물이었다. 푸른 언덕 같은 아이, 가을 낙엽 같던 사람, 다시 만나지 못해도 꽉 찬 나의 가을 노래.

그 가을 현우와 내가 대단한 사랑의 서사를 쓰지 않았어도 기억은 차고 넘치게 아름답다. 화려했던 오페라의 한 장면처럼 그렇게 축배의 노래를 부르는 것이다. 그렇게 우리는 모두 추억을 가슴에 안고 사는 시인이 되는 것이다. 사랑 때문에.

공동저서 프로젝트

당신을 기다립니다

http://blog.naver.com/maumsesang

사랑은 쌓여 내가 되겠지

초판 1쇄 발행 | 2024년 11월 22일

지은이 | 서연지, 이루다, 김지연, 천정은, 홍반장
펴낸이 | 김지연
펴낸곳 | 마음세상

외주편집 | 김주섭

출판등록 | 제406-2011-000024호 (2011년 3월 7일)

ISBN | 979-11-5636-585-3(03810)

ⓒ서연지, 이루다, 김지연, 천정은, 홍반장

원고투고 | maumsesang2@nate.com

블로그 | blog.naver.com/maumsesang

* 값 17,200원